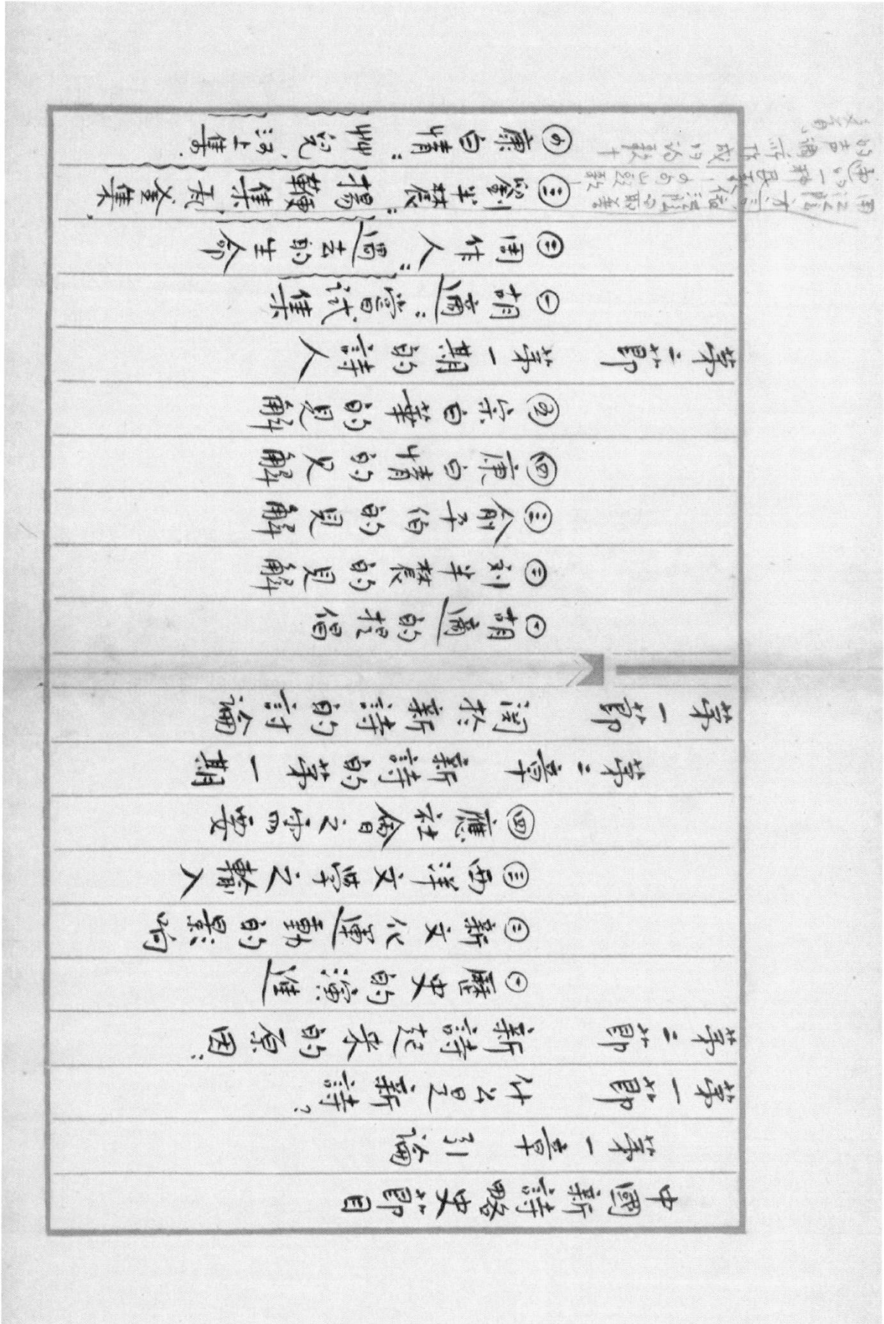

中國新詩略史細目

第一章 引論

第一節 什么是新詩？

第二節 新詩起來的原因：

(一)歷史的演進

(二)新文化運動的影響

(三)西洋文學之輸入

(四)應社會之需要

第二章 新詩的第一期

第一節 關於新詩的討論

(一)胡適的提倡

(二)劉半農的見解

(三)俞平伯的見解

(四)康白情的見解

(五)宗白華的見解

第二節 第一期的詩人

(一)胡適"嘗試集"

(二)周作人"過去的生命"

(三)劉半農"揚鞭集"和"瓦釜集"

(四)康白情"草兒"、"河上集"

徐芳呈給胡適老師的論文初稿目次，紅字部分為胡適批改的。

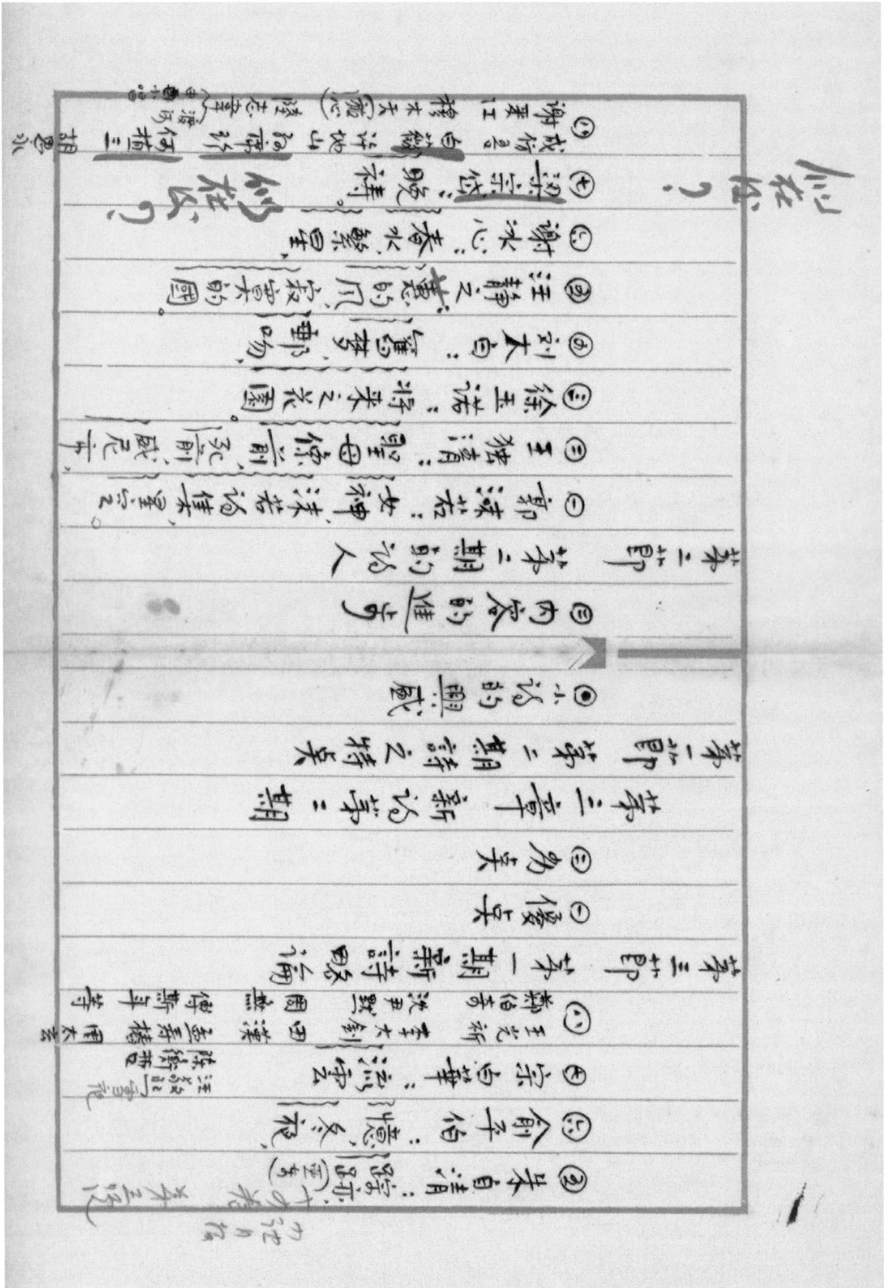

徐芳呈給胡適老師的論文初稿目次，紅字部分為胡適批改的。

中國新詩史

徐芳 著

自序

我於民國二十一年考上國立北京大學文學院中國文學系。入學後，我就是中文系一年級的學生。我在讀中學的時候，就嚮往北京大學。我認為北大是國內最好的學校，同時也是世界知名的好大學。能夠入校就讀，可謂是如願以償，真是高興極了。

一年級時，是馬裕藻先生當系主任，他講的是文字學，聲韻學，好像我並不喜歡。後來胡適先生來作文學院長又兼中文學系主任，老師換了些，課程也改了些，我覺得我想要學的，都可以學到，非常快樂！到了民國二十三年，我們撰寫論文了，要寫好論文，才能畢業。我當時最喜歡新詩，論文指導老師，就是胡適先生。我把我的意思告訴了他，並把我的綱領給他看，他認為可以，便開始寫了。

系裡系外，有幾位老師，對我多加鼓勵，我也獲益不少。像系外的朱光潛先生，系內的孫大雨先生，傅斯年先生，都希望我好好研習，能寫出好的作品來。

等詩史寫成後，我訂成一本書，送呈胡先生閱覽，他好高興，在稿上用紅筆批改了多處，真是為我文章也費盡了心。他把論文還我，我也拿到畢業文憑，北大的學業算是完成了。但是我自覺一事無成，甚覺惶恐。那時有些中學約我去教書，而校方留我在校文科研究所作助理，我有留母校之心，故留下了。

那時我作助理員，只不過是幫胡先生作些簡單的事，同時又編《歌謠週刊》，相當忙碌，詩史的事，便擱在一邊了。

哪曉得天不作美，民國二十五年日軍來侵，大家忙著逃難，什麼都不管了，北大也沒有指示，只有各走各的了。我當時沒有跟著學校跑，二十六年帶著小弟寶潭，到了昆明，他上了西南聯大航空工程系，我改行進了中國農民銀行，把文學方面的事，都放在一邊了。

此次家中遷移新居，小子振桐主張把詩史付印，蔡登山先生也願意幫忙，把事作成。種種都靠各位親友協助，特此致謝。論文有不週之處，還請各位專家多加指教！

二〇〇六年三月十八日於台北

附錄

第一章　引論

第一節　什麼是新詩

我們要記載中國新詩的歷史便應該先敘說新詩的來歷和什麼是新詩。誰都知道新文化運動以來，我們的文學是來了一次大革命大解放。推翻了一切陳舊的腐敗的文學，建設了有新內容、新形式的白話文學。從民國六年到現在，這個大運動一直在推進著。二十年的工夫，這些白話的論文、小說、散文，和詩歌等，都有了相當的成績，而且也各自確立為一種完美的文體了。

新詩就是白話詩。我們可以說新詩是詩中的一種。它的產生是由於新文化運動者的倡導，首倡新詩的便是胡適之先生。他在鼓吹文學革命的時候，便主張了詩體大解放。他說：

「……這一次中國文學的革命運動，也是先要求語言文字和文體的解放。新文學的語言是白話的，新文學的文體是自由的，是不拘格律的。初看起來，這都是『文的形式』一方面的問題，算不得重要，卻不知道形式和內容有密切的關係。形式上的束縛，使精神不能自由發展，使良好的內容不能充分表現。若想有一種新內容和新精神，不能不先打破那些束縛精神的枷鎖鐐銬。因此中國近年的新詩運動可算得是一種詩體的大解放。因為有了這一層詩體的解放，所以豐富的材料，精密的觀察，高深的理想，複雜的情感，方能跑到詩裡去。五七言八句的律詩，決不能容豐富的材料，二十八字的絕句，決不能寫精密的觀察，長短一定的七言、五言，決不能委婉達出高深的理想，與複雜的感情。」

（〈談新詩〉《胡適文存》卷一第二二七頁）

我們看了這一段文章，便可以知道胡先生為什麼提倡新詩了。我們的高深的理想和複雜感情，決不是古舊的詩體能裝得下的。所以我們要創新體來表達我們的新思想和新精神，要怎麼樣才能算是新詩呢。胡先生說：

「……要作真正的白話詩，若要充分採用白話的字，白話的文法，和白話的自然音節，非作長短不一的白話詩不可。這種主張可以叫作詩體大解放。詩體大解放就是把從前一切束縛自由的枷鎖鐐銬，一切打破：有什麼話，說什麼話；話怎麼說，就怎麼說。這樣方可有真正白話詩，方才可以表現白話文學可能性。」

（《嘗試集》自序三十九頁）

胡先生的意思是真正的新詩是要表現真情，有什麼話說什麼話。沒有可說的時候，別裝腔，也別無病呻吟。新詩的寫出，要完全出於自然，限於五七言的範圍之內是要不得的。要作純正的新詩，便要打破五七言的格式，和呆板的平仄。對於押韻方面也沒有限定規則。押韻固可，不押韻也可以。而且押韻便要押今韻不應押古韻。這些意見在嘗試集自序和談新詩裡都寫得很清楚的。我們歸納起來對於新詩似乎可以加上一個解釋：

「新詩是詩體中最新的一種，它是推翻舊詩的格式，平仄和押韻而另創了一個新體：它是用現代的語言，自由的形體，自然韻律來表現人們的複雜的生活和情感的。」

我不敢說這是我對於新詩下的定義。不過人家要問我什麼是新詩，這便是我的回答。如果將舊詩中的老調子寫到自由的形體中算不得新詩，因為它的形式雖新，其內容卻是陳舊。如果將電燈、火車放入詞曲中，也算不得是新詩，因為它的內容雖新，形式仍是舊的。所以我更要補充一句：要有新的內容，同時要有新的形式，才能算是新詩。

第二節　新詩起來的原因

無論是一種什麼運動，或者是一種文體，它都不是憑空自天上掉下來的。它必有它產生的背景和原因的。新詩也是如此。它起來的原因有四，即1.歷史的演進。2.新文化運動的影響。3.西洋文化的輸入。4.應社會之需要。今逐條分述如下：

1、歷史的演進

一種文體的出現，它必是演化而來的。就如新詩，也並不是胡適之先生揑造出來的。它早已在我們的民間文學裡潛伏了許久。胡先生是最早發現它的人，也是最早提倡它的人。胡先生說：

「居今世而言文學改良，當注重「歷史的文學觀念」，一言以蔽之曰：一時代有一時代之文學。此時代與彼時代之間，雖皆有承前啟後之關係，而決不容完全相襲，其完全相襲者，決不成為真文學。愚惟深信此理，故以為古人已造古人之文學。今人當造今人之文學。………惟愚縱觀古今文學變遷之趨勢，以為白話之文學種子已伏於唐人之小詩、短詞。及宋而語錄體大盛。詩詞亦多有用白話者。元代之小說戲曲，則更不待論矣。此白話文學之趨勢，雖為明代所截斷，而實不曾截斷。語錄之體，明清之宋學家多沿用之。……小說則明清有名小說皆白話也。近人之小說其可以待後世者，亦白話也。故白話文學自宋以來，雖見擯於古文家，而終一線相承至今不絕。……吾輩之攻古文家，正以其不明文學趨勢，而強欲作一千年、二千年以上之文。此說不破則白話之文學，無有列為文學正宗之一日，而世之文人將猶鄙薄之，以為小道邪徑而不肯以全力經營造作之，……」

（〈歷史的文學觀念論〉《胡適文存》卷二第五十五頁）

由於可知，一時有一時代之文學，而白話文學的種子是早就伏在詩詞裡面了的。不過那時候還不太顯著。直到新文化運動一起來，新詩體自然要按著歷史的演變而起來了。胡先生民國五年五月五日的箚記裡，有一段說得更好：

「文學革命在吾國史上非創見也。即以韻文而論，三百篇變而為騷，一大革命也。又變為五言七言，二大革命也。賦變而為無韻之駢文，古詩變而為律詩，三大革命也。詩體之變而為詞，四大革命也。詞之變而為曲為劇本五大革命也。何獨於吾所持文學革命論而疑之？文亦遭幾許革命矣。」

（《嘗試集》〈自序〉二六頁）

詩體演變的痕跡，我們由此可以窺一個大概了。新詩的產生，也可以說是詩體方面的第六次大革命了。在過去不同的時代，產生著不同的體裁，在將來的時代一定也會有更新奇的體裁。新詩呢？是恰在當今時代出來的產兒，今日之有新詩完全和唐朝有五七言，宋朝有詞一樣，他是循著時代演變而來，值不得驚奇也值不得鄙棄，它的起來完全是由於自然趨勢。

2、新文化運動的影響

新詩雖然在歷史方面有了上述的根據，假如沒有新文化運動，它決不會出現得那麼快。也許到現在還潛伏著沒有出來，也未可知。新文化運動是發軔於民國六年一月《新青年》上面的文學改良芻議。作者胡適之先生首言文學應改良者有八事：即

一曰、須言之有物
二曰、不摹倣古人
三曰、須講求文法
四曰、不作無病之呻吟

五曰、務去爛調套語
六曰、不用典故
七曰、不講對仗
八曰、不避俗字俗語

（《胡適文存》卷一第七頁）

胡先生這篇文章是「登高一呼，萬眾響應」。接著陳獨秀便發表了他的文學革命論。他說：

「……其首舉義旗之急先鋒，則為吾友胡適。余甘冒全國學究之敵，高張「文學革命」軍大旗，以為吾友聲援。旗上大書特書吾革命軍三大主義，曰推倒雕琢的阿諛的貴族文學，建設平易的抒情的國民文學。曰推倒陳腐的鋪張的古典文學，建設新鮮的立誠的寫實文學，曰推倒迂晦的艱澀的山林文學，建設明瞭的通俗的社會文學。」

（《新青年》二卷六號）

又說：

「以何理由而排斥此三種文學耶？曰貴族文學，藻飾依他，失獨立自尊之氣象也。古典文學鋪張堆砌，失抒情寫實之旨也。山林文學，深晦艱澀，自以為名山著述，於其群之大多數無所俾益也。……」

（《新青年》二卷六號）

胡氏提倡於先，陳氏響應於後。胡氏這一篇用筆精細，而陳氏這一篇聲勢浩大。這兩篇文章實是新文化運動大基礎。同時劉半農、錢玄同、周作人、傅斯年、沈尹默諸先生，都在新青年上發表文章，助成革命運動。當時和他們立於相對地位，反對的人也很多。可是他們思想周密，聲勢浩大，終於使這大運動成功。直至今日新文學已流行全國。從事於這件事的先生們的功績，可稱不小。

新文學裡包括小說、論文、散文、詩歌……等。在新青年的時代，諸學者一方面發表理論的文章，一方面創造白話的作品，在新青年、新潮、少年中國上發表。如胡、劉、沈、周、傅，諸氏都是新詩的開路先鋒，所以我說新詩是新文化運動大潮，帶起來的一個波浪，假如這個大潮不起來，也許這個波浪至今還見不到影子。

3、西洋文化的輸入

西洋文化的輸入，對於我國的文學界有很大的影響。從新文化運動以來，對於歐美的文化，便有大批的輸入。介紹這文化到中國來的人，多半是留學生。如胡適、劉半農、魯迅、周作人、郭沫若……等人，都是主要份子。在思想方面，有杜威（John Dewey）、羅素（Russel Bertrand），諸學者來華講學。在文學方面，有易卜生（Henrik Ibsen）以及其他名家作品的翻譯，又如印度詩人泰戈爾（Rabindranath Tagore）來華講學，對於我們的詩壇是有深大的影響的。西洋文學的大量輸入，使得人們想到要表達豐富的思想和感情，就非用新的體裁不可了。同時一般研究西洋文學的學者，看到英、美詩格的自由、流利，不免受他們的薰染，於是由摹仿而創造了我們的新體詩。

4、應社會之需要

文學與社會環境的關係最大最深。它根本是反映社會生活的，不同的環境產生不同的文學。自從辛亥革命以後，民主政體成立以來，一切的舊制度都在崩潰，一切的舊思想都在動搖。新的制度在引導著，新的思想也開始鑽入人們的腦裡。這時的人們有更新穎的思想，有更活潑的感情。那刻板的古詩格，是再也裝不下這些澎湃的文思了。因而新的詩體和新的文體一樣地應了需要而產生。而且這時的文學是由士大夫手裡轉到大眾的手裡來了。大眾自己要創作新作品，同時也要欣賞新作品，那些古代的、深奧的作品，不是大眾所需要的。那些淺薄的詩詞，也不是大眾所滿足的。由這一方面說新詩的產生，也是必然的。我們想當時的社會，是一個那麼革命的社會，我們的詩體又怎得不革命呢！

由於以上的四個原因，便促成了新詩的起來。這種興起完全是由於自然的趨勢。哼古詩的先生們要想起來打倒，恐怕也不會成功吧！

新詩的歷史極短，總共才二十年。我們為便於敘述起見，暫分為三期：

第一期由民國六年（一九一七）到民國十三年（一九二四）

第二期由民國十四年（一九二五）到民國二十年（一九三一）

第三期由民國二十一年（一九三二）到現在

第一期起自民國六年，因為在那一年才有人在《新青年》上開始寫詩。第二期起自民國十四年是因為在這年的「五卅」以後，徐志摩等在晨報辦詩刊。詩刊出版了，才對於詩的格調有了改進。第三期從民國二十一年起。因為在這年有的雜誌上開始登載意象詩，詩壇又開了一個新局面。按理說這短短的二十年，本無分期的必要。我所以要這樣，完全是為了分期敘述，可以清楚一點。

第二章 新詩的第一期（一九一七—一九二四）

第一節 關於新詩的討論

民國六年二月份的《新青年》（二卷六號）上，胡適先生的八百白話詩，便是中國新詩的第一頁。從此一般學者，開始寫作新詩，並討論新詩。在這討論的時期，各人發表了不同的意見。我們現在選重要的記載下來：

1、胡適之的見解

在第一章裡，我們已經說了許多關於胡先生對於新詩的意見了。不過胡先生和朋友們討論新詩時，也有些見解很值得注意。前面已經說過，胡先生是主張用自由的形式，寫白話的詩，有什麼話，說什麼話，該怎麼說，就怎麼說。而朱經農氏和胡氏便有了不同的主張。他說：

「……白話詩應該立幾條規則，……要想「白話詩」發達，規律之不可不有的。此不特漢文為然，西文何嘗不是一樣。如果詩無規律，不如把詩廢了，專作白話文的為是。」

（《新青年》第五卷第二號一六五頁）

胡氏對於這點意見，駁得也很好的。他說：

「……來書又說「白話詩」應該立幾條規則。這是我們極不贊成的，即以中國文言詩而論，除了近體詩之外，即以近體詩而論，王維、孟浩然、李白、杜甫的律詩，又何嘗處處依著規則去作？我們作白話詩的大宗旨，在於提倡「詩體的釋放」有什麼材料作什麼詩；有什麼話說什麼話；把從前一切束縛詩神的自由的枷鎖鐐銬攏統推翻：這便是「詩體的釋放」。因為如此，故我們極不贊成詩的規則。還有一層，凡文的規則和詩的規則，都是那些作古文筆法，文章軌範、詩學入門、學詩初步的人所定的。從沒有一個文學家，自己定下作詩、作文的規則。我們作的白話詩，現在不過在嘗試的時代，我們自己也不知什麼叫白話詩的規則。且讓後來做白話詩入門、白話詩軌範的人去規定白話詩的規則吧！」

（《新青年》第五卷第二號一六七頁）

同時任叔永有信給胡氏說：

「……公等作新體詩，一面要詩意好，一頁還要詩調好，一個人的精神，分作兩用，恐怕有顧此失彼之慮。若用舊體舊調，便可把全副精神用在詩意一方面，豈不於創造一方面更有希望呢！」

（《新青年》第五卷第二號一七頁）

胡氏回答說：

「……我們現在有什麼詩料，用什麼詩體；有什麼話，說什麼話，並不一面顧詩意，一面顧詩調，那些用舊調，舊詩體的人，有了詩料，沒要截長補短，削成五言或湊成七言；有了上闋，沒湊成下闋；有這韻沒湊成那韻……那才是顧此失彼呢！豈但顧此失彼，竟是削足適履了。」

（《新青年》第五卷第二號一七三頁）

胡氏這種回答，都是很有力量的見解。此外他對於新詩的作法也發表了一段話：

「我說詩須要用具體的作法，不可用抽象的說法。凡是好詩都是具體的；越偏向具體越有詩意、詩味。凡是好詩，都能使我們腦子裡發生一種──或多種──明顯逼人的影像。這便是詩的具體性。」

（〈談新詩〉《胡適文存》卷一第二四九頁）

在新詩剛萌芽的時候，提倡用具體的描寫法，倒也是很需要的。

2、劉半農的見解

劉氏在胡氏發表文學改良芻議之後，首先發表我之文學改良觀。他認為詩歌應該改良的是：

「第一曰破壞舊韻，重創新韻。……而吾輩意想中新文學，既標明其宗旨曰：『作自己的詩文，不作古人的詩文。』則古人所認為叶意之韻，尚未必可用，何況此古人所不認，按諸今音又不能相合之四聲譜，乃視為文學中一種規律，舉無數文人之心思腦血，而受制於說約一人之武斷耶？」

「第二曰增多詩體。……當詩律愈嚴，詩體愈少，則詩的精神所受之束縛愈甚，詩學決無發達之望。試以英法二國為比較，英國詩體極多，且有不限音律，不限押韻之散文詩，故詩人輩出。長篇記事或詠物之詩，每章長至數十行字，刻為專書行世者，亦多至不可勝數。若法國之詩則戒律嚴格。任取何人詩集觀之，決無敢變化其一定音節，或作一無韻詩者。因之法國文學史中，詩人之成績決不能與英國比，長篇之詩亦渺乎不可多得，此非因法國詩人之本領、魄力不及英人也，以其戒律，械其手足，雖有本領魄力，終無所發展也。……彼漢人既有自造五言詩之本領，唐人既有自造七言詩之本領，吾輩豈無五言七言之外，更造他種詩體之本領耶」

（《新青年》第三卷第三號七頁）

不久劉氏又發表詩與小說精神上革新。他說：

「……作詩本意只須將思想中最真的一點，用自然音響節奏，寫將出來，便算了事，便算極好……可憐，後來詩人靈魂中，本沒有一個『真』字，又不能在自然及社會現象中，放些本領去探出一個『真』字來，卻看得人家作詩，眼紅手癢，也想勉強胡謅幾句，自附風雅。於是真詩亡而假詩出現於世。」

（《新青年》第三卷三號）

他這主張用韻自由，詩體增多，寫詩貴真，都是和胡氏的見解一貫下來的。

3、俞平伯的見解

俞氏有一篇文叫〈詩底進化還原論〉，這是一篇較長的論著。他的意思是「詩的還原，便是詩的進化的先聲」。此外還有一篇更重要的文章，即〈白話的三大條件〉。他說：

「……但詩歌一種確是發抒美感的文學，雖主寫實，亦必力求其遣詞，命篇之完密優美。因為雕琢是陳腐的修飾是新鮮的。文詞粗俗，萬不能發抒高尚的理想。這是一定不易的道理。現在我對於白話詩，胡亂擬出三條件，供諸位商榷。」

（《新青年》六卷三號三三〇頁）

俞氏擬的三條是：

1. 用字要精當，造句要雅潔，安章要完密。
2. 音節務求諧適，卻不限定句末用韻。
3. 說理要深透，表情要切至，敘事要靈活。

俞氏提出來的意見，確是很精當切要。每一首詩，都應當注意。

4、宗白華的意見

宗氏有〈新詩略談〉，是一篇很長的文字。他是更進一步的論到詩的內容和形式。他說：

「我想詩的內容，可以分為兩部份：就是『形』同『質』。詩的定義，可以說是：『用一種美的文字……音律的、繪畫的文字，……表寫人的情緒中的意境。』這能表寫適當的文字，就是詩的『形』；那表寫的意境，就是詩的『質』。換一句話說，詩的形，就是詩中音節和詞句的構造，詩的質，就是詩人的感想情緒。所以要想寫出好詩、真詩，就不能不在這兩方面注意。」

（《少年中國》第一卷第八期第六十頁）

他又說：

「現在先談詩的形式問題：詩形的憑藉是文字。而文字能具有兩種作用：（一）音樂作用。文字中可以聽出音樂式的節奏與協和。（二）繪畫的作用。文字中可以表現出空間的形相與彩色。所以優美的詩中，都含著有音樂，含著有圖畫。它是借著極簡單物質材料，……紙上的蹤跡，……表現出空間、時間中，極複雜繁富的『美』。」

（《少年中國》第一卷第八期第六十一頁）

宗氏是注重音樂和美術的。所以他後來又說：訓練詩藝的途徑有二：即音樂和繪畫。他又以為養成詩人人格，必須（一）在自然中活動，（二）在社會中活動。最末他說：

「詩有『形』、『質』的兩面，詩人有人藝的兩方，新詩的創造；是用自然的形式，自然的音節，表現天真的詩意與天真的詩境。新詩人的養成；是由新詩人人格的創造，新藝術的練習；造出健全的、活潑的、代表人性、國民性的新詩。」

（《少年中國》第一卷第八期第六十一頁）

總之，他以為真正的詩人是要在自然中和社會中活動的。

5、康白情的見解

康氏在〈新詩的我見〉裡說：

「劈頭一個問題，詩究竟是什麼？

……在文學上把情緒的、想像的意境；音樂的、刻繪的寫出來。這種作品就叫作詩。新詩別於舊詩而言。舊詩大體遵格律，拘音韻；講雕琢，尚典雅。新詩反之，自由成章而沒有一定的格律，切自然的意節，而不必拘音韻，貴質樸而不講雕琢，以白話入行而不尚典雅。新詩破除一切梏桎。人性底陳套只得其無悖詩的精神罷了。」

（《少年中國》第一卷第九期第二頁）

末後他又提出三條來，第一條是：

「新詩在詩裡既所以圖形式的解放，那麼舊詩裡所有的陳腐規矩，都要一律打破。最戕人性的是格律，那麼首先要打破的，就是格律。新詩不就是指白話詩：白居易的詩，老嫗可以誦，宋儒好以白話入詩，宋元人的詞曲，也大體是白話，我們不能承認他們是新詩。新詩也並不就是指散文的詩：《論語》記子路遇荷蓧丈人的事，陶潛的〈桃花源記〉和屈原、宋玉、蘇軾他們的幾篇賦，都可以說是散文的詩，但我們也不能承認他們是新詩。對於文學，在『當代人用當代語』的原則裡，我主張作詩的散文或散文的詩：就是說作散文要講音節，要用作詩的手段，作詩要用白話，要用散文的語風。至於詩體列成行子與不列成行子是沒有關係的。」

第二條是不用韻，不過份修飾。

第三條是說新詩的精神貴創造。

康氏這些意見和前幾位的差不多，不過他說得更具體一點罷了。

另外有李思純氏，他在〈詩體革新之形式及我的意見〉裡說：

「……如有人說：『新詩的創造，注重在主義與思想。其美在內容，而不在外象。』質言之：便是重精神不重形式。這話便大錯了。精神與形式，不過一物的兩方面，並非截然可分的二物。斷莫有重精神而形式能肖的。也沒有不重形式而精神能完的。」

（《少年中國》第二卷第六期第十七頁）

李氏這種內容形式並重的主張，也是不容我們忽視的。

這些篇文章，都是新詩討論期裡的重要文章。也許有些人，已經不注意這些論著了。可是新詩的基礎，有些是建立在這上面的。

第二節　第一期的詩人

1、胡適

胡適是安徽績溪人。生於一八九一年十二月十七日。胡先生的學問是多方面的，他是哲學家、文學家。同時也是史學家。治學非常嚴謹，為當代大學者。他是美國哥倫比亞大學哲學博士。現任國立北京大學文學院院長，兼國文系主任。著有《中國哲學史》、《白話文學史》、《胡適文存》、《淮南王書》、《嘗試集》、《四十自述》等書。

《嘗試集》是中國新詩壇上的第一作品，也是胡氏唯一的詩集。這書在民國九年三月初版，民國十一年十月四版。四版時曾把詩增刪一次，共存新詩，譯詩，以及舊詩詞六十四首。今單就所作新詩，討論一下。

胡氏說：「自古成功在嘗試。」所以他的詩集叫《嘗試集》。

初版詩集，是有兩篇序的：一篇是〈自序〉，自敘作詩經過。一篇是錢玄同氏的〈序〉。錢氏說：

「適之這本嘗試集，第一集裡的白話詩，就是用現代白話，表達適之自己的思想和情感，不用古語，不抄襲前人說過的話。我以為的確當得起新文學這個名詞。」

（第一版《嘗試集》錢序第十二頁）

錢氏又說胡氏的白話詩，「未能盡脫文言窠臼。」這句話是很公平的，不過嘗試集裡，也有一些很好的詩，如應該：

他也許愛我——也許還愛我——
但他總勸我莫再愛他。
他常常怪我，
這一天他眼淚汪汪的望著我，
說道：『你如何還想著我？
想著我，你又如何能對他？
你要是當真愛我，
你應該把愛我的心愛他，
你應該把待我的情待他。』

他的話句句都不錯——
上帝幫我
我「應該」這樣作！

胡氏認為「這首詩的意思神情，都是舊詩所達不出的。」（見《胡適文存》《談新詩》二卷第二二七頁。）但我認為〈湖上〉寫得最好：

水上一個螢火，
水裡一個螢火，
平排著，
輕輕地，
打我們的船邊飛過，
他們倆兒越飛越近，
漸漸的併作了一個。

（《嘗試集》八十四頁）

這一首作者寫來全不費事，可是很「輕巧」。又如〈四烈士塚上的沒字碑歌〉：

他們是誰？
三個失敗的英雄，
一個成功的好漢，
他們的武器：
炸彈！炸彈！
　他們的精神：
幹！幹！幹！

他們幹了些什麼？
一彈使奸雄破膽！
一彈把帝制推翻！
他們的武器：
炸彈！炸彈！
他們的精神：

幹！幹！幹！

他們不能咬文嚼字，
他們不肯痛哭流涕，
他們更不屑長吁短嘆！
他們的武器：
炸彈！炸彈！
他們的精神：
幹！幹！幹！

他們用不著紀功碑，
他們用不著墓誌銘：
死文字讚不了不死漢！
他們的記功碑：
炸彈！炸彈！
他們的墓誌銘：

幹！幹！幹！

（《嘗試集》第一〇六頁）

這首詩我特別喜歡。我說他有力量，這是用簡單的字句，表出強大的力量。其他如〈新婚雜詩〉、〈藝術〉、〈夢與詩〉……等，都是可注意的詩。胡氏在四版自序中說：

我現在回頭看我這五年來的詩，很像一個纏過腳後來放大了的婦人，回頭看她一年年放腳鞋樣，雖然一年放大一年，年年的鞋樣上，總還帶著纏足時代的血腥氣。我現在看這些少年詩人的新詩，也很像那纏過腳的婦人，眼裡看著一般天足的女孩子們跳上跳下，心裡好不妒羨。

（四版《嘗試集》第二首）

胡氏這個比喻是極有趣的。其實頭一個提倡放腳人的功勞，對於後來人是深而且大的。

2、劉半農

劉先生名復，號半農，江蘇江陰人，生於一八九一年。劉先生是個性情很詼諧，治學很勤謹的人。他從前是一位努力提倡新詩的人，後來專門研究語言文字，為當代語音學專家。曾留學法國得博士學位。曾任北平國立各大學文科教授，及北大研究所國學門主任。一九三四年夏天，劉先生因為要考察方言，便和幾位北大研究所的同學，到百靈廟去實地試驗。染了病回來，不到兩個星期的工夫，便死在北平協和醫生。著有：《四聲實驗錄》、《半農雜文》、《瓦釜集》、《揚鞭集》，譯有：《比較語音學》、《茶花女》、《國外民歌譯》……等。

《揚鞭集》和《瓦釜集》都是劉先生的詩集。今僅就《揚鞭集》（北新書局出版）來說一說他的詩。這本書只有上、中二卷。書中有少數的舊詩和山歌，其餘便是他的創作了。他的詩多半是描寫平民生活的，而且對於平民的同情，也在詩行裡露了出來。如〈相隔一層紙〉、〈中秋〉、〈鐵匠〉、〈一個小農家的暮〉、〈老木匠〉等都是。今舉〈鐵匠〉一首來作代表：

叮噹！叮噹！
清脆的打鐵聲，
激動夜間沈默的空氣。
小門裡時時閃出紅光，
愈顯得外間黑漆漆的。

我從門前經過，
看見門裡的鐵匠。
叮噹！叮噹！
他鎚子一下一上，
砧上的鐵，
閃作血也似的光，
照見他額上淋淋的汗，
和他裸著的寬闊的胸膛。

我走得遠了
還隱隱的聽見，
叮噹！叮噹！
朋友，
你該留心著這聲音，
你永遠的在沉沉的自然界中激蕩。
你若回頭過去，

還可以看見幾點火花，
飛射在漆黑的地上。

（《揚鞭集》第四十五頁）

他的山歌差不多都是用江陰方言寫的。用北平話寫的詩歌也有幾首。今引〈麵包與鹽〉於下：

老哥今天吃的什麼飯？
嚇！還不是老樣子！——
倆子兒的麵，
一個錋子的鹽，
擱上半喇子兒的大蔥。
這就很好啦！
咱們是彼此彼此，
咱們是老哥兒們，
咱們是好弟兄。
咱們要的是這們一點兒，

咱們少不了的，可也是這們一點兒。
咱們做，咱們吃。
　咱們做的是活。
誰不做，誰不用活。
咱們吃的咱們做。
咱們做的咱們吃。（下略）

（《揚鞭集》中卷二百十四頁）

劉氏恐怕是第一個提倡「大眾語」的人吧！對於劉氏的詩，我覺得蘇雪林女士說得最好。她說：

「……劉先生在五四時代新詩標準尚在渺茫之時，他居然能打破藩籬、絕去町畦，貢獻一種活潑、新鮮的風格，而且從揮灑談笑自如，沒有半點矯揉造作之態，不是天分過人，何能如此？」

（《人間世》第十七期四五頁）

3、周作人

周氏浙江紹興人，生於一八八五年，為日本留學生。現任國立北京大學教授，周先生的散文是我國文壇上最成功的人，對於詩歌寫得不多，不過起初也是一位極力提倡的人。著有《雨天的書》、《談龍集》、《永日集》、《澤瀉集》、《過去的生命》。譯有《自己的園地》、《點滴》、《狂言十番》、《希臘擬曲》等。

《過去的生命》是周先生的詩集。集中共有詩三十餘首。他在序裡很客氣的說：

「這些詩的文句都是散文的，內中的意思也很平凡，所以拿去當真正的詩看，當然要很失望。……」

其實，周先生的詩，我們看了一點也不會失望。今就引〈過去的生命〉在下面吧！

這過去的我的三個月的生命，那裡去了？
沒有了，永遠地走過去了！
我親自聽見他沉沉的緩緩的一步一步的，

在我床頭走過去了。
我坐起來，拿了一枝筆，在紙上亂點，
想將他按在紙上留下一些痕跡，——
但是一行也不能寫，
一行也不能寫，
我仍是睡在床上，
親自聽見他沉沉的緩緩的，一步一步的，
在我床頭走過去了。

（《過去的生命》五十一頁）

我們人類的生命，哪個不是這麼沉沉的、緩緩的過去呢！周氏的詩，是和他的散文一樣的，含有深長的意味，又如〈兩個掃雪的人〉，〈小河背槍的人〉諸首，都是在當時被人推崇過的好詩。

4、俞平伯

俞氏是浙江德清人。生於一八九九年。北京大學畢業。對於舊詩以及詞曲有精闢的研究。現任清華大學教授。著有《紅樓夢辨》、《燕知草》、《雜伴兒》、《讀詞偶得》、《冬夜》、

《西還》、《憶》……等。

俞氏在新詩方面有很好的成就。《冬夜》、《西還》、《憶》，都是他的詩集。他說：

我懷抱有兩個作詩的信念：一個是自由，一個是真實。作詩原是件具體的事情，很難用什麼抽象概念來說明它。但若不如此。又很不容易有概括的說明，只要不十分拘執著，我想也無礙的。我不願顧念一切作詩的律令，我不願受一切主義的拘牽，我不願去模仿，或者有意去創造那一詩派。我只願隨隨便便的、活活潑潑的，借當代的語言，去表現出自我在人類中間的我，為愛而活著的我。至於表現出的，是有韻的或是無韻的詩；這都和我的本意無關，我以為如要顧念到這些問題，就可根本上無意於作詩，且亦無所謂作詩了。

看了這一段，我們便很明白俞氏對於作詩所持的態度了。他的詩的特點，便是音節美妙。聞一多氏在〈冬夜〉、〈草兒〉的評論裡說：

「冬夜給我最深刻的印象，是它的音節。關於這一點，當代的諸作家，沒有能同俞君比的。這也是俞君對於新詩的一個貢獻。凝鍊、綿密、婉細，是它的音節的特色。這種藝術，本是從舊詩和詞曲裡，蛻化出來的。」

朱自清氏則認為俞氏的詩，有三種特色。即：一、精鍊的詞句和音律。二、多方面的風格。三、迫切的人的情感。（見《冬夜》序。）現在把〈春水船〉，引在下面：

太陽當頂晌午的時分，
春光尋遍了海濱
微風吹來，
聒碎零亂，又清又脆的一陣。
呀原來是鳥——小鳥的歌聲。

我獨自閒步沿著河邊，
看絲絲縷縷層層疊疊浪紋如織，
反蕩著陽光閃爍，
辨不出高低和遠近，
只覺得一片黃金般的顏色。

對岸店舖人家，來往的帆檣，

和那看不盡的樹林房舍，——
擺列著一線——
都浸在暖洋洋的空氣裡面。

我只管朝前走，
想在心頭，看在眼裡，
細嘗那春天的好滋味。
對面來個縴人，
拉著個單桅的船徐徐移去。
雙櫓插在舷脣，
皺面開紋活活水流不住。

船頭曬著破網，
漁人坐在板上，
把刀劈竹拍拍的響。
船口立個小孩，又憨又蠢，

不知為什麼？
笑迷迷痴看那黃波浪。

破舊的船，
襤褸的他倆，
但這種「浮家浮宅」的生涯，
偏是新鮮、乾淨、自由，
和可愛的春光一樣。

歸途望——
遠近的高樓，
密重重的簾幕，
儘低著頭呆呆的想！

（《冬夜》第三頁）

這一首，寫景確乎到了極好的地步，難怪，在那時被公認為好詩了。還有〈夜月〉，也應舉出來：

疏疏的星，
疏疏的樹林，
疏林外疏疏的燈。

在冰一樣冷的夜，
在冰一樣清的夜，
誰寫了這幾筆淡淡的老樹影？

月背了我；
北風迎我，
在面上悄無聲地打我。

燈火漸漸的稀少，
送來月色的皎皎，

但眼光微微的倦了。

歲已將晚，
月已將圓，
人已將去此。

（《冬夜》二四二頁）

這首詩，是全詩集中，最好的一首。其他如〈無名的哀詩〉、〈淒然小劫〉、〈黃鵠〉、〈孤山聽雨〉等，都是上乘的作品。

聞一多氏那篇〈冬夜評論〉，是很應該注意的。他給了〈冬夜〉，一個很公正的批評。《憶》是一本俞氏追憶童年的作品，裡面豐子愷君的插圖，給這書添了不少趣味。我還要說的是俞氏對於散文的貢獻，是比新詩大得多。讀過俞氏作品的人，都不會反對這句話的。

5、朱自清

朱氏生於一八九八年，浙江紹興人。他也是畢業北京大學的，與俞平伯氏為好友，二人常常一塊遊覽風景，一塊寫作文章。有時在同一題目下，每人寫一篇，最著名的是〈槳聲燈影裡的秦淮河〉。這兩篇文章至今還被人傳誦著。朱氏曾於一九三四年遊歷歐洲，現任清華大學國文系主任。著有《背影》、《蹤跡》和《歐遊雜記》。

《蹤跡》是朱氏的詩集。朱氏的詩寫得不多，最出名的〈毀滅〉，當時曾被稱為詩壇傑作，這是一首長詩，今引一段在下面：

從此我不再仰眼看青天，
　不再低頭看白水，
只謹慎著我雙雙的腳步；
我要一步步踏在土泥上，
——打上深深的腳印！

（《蹤跡》第一〇九頁）

由這首詩裡，我們可以看出朱氏對於人生的態度，是多樣的謹慎。全詩的文筆極好。再舉〈羊群〉中第一段於下：

　如銀的月光裡，
一張碧油油的氈上，

羊群靜靜地睡了。
他們雪也似的毛和月掩映著，
呵美麗和聰明！

（《蹤跡》第七頁）

其他如〈湖上〉、〈笑聲〉、〈旅途〉等，都是值得注意的詩。朱氏和俞平伯氏一樣，他的散文比詩寫得好。

6、宗白華

宗氏是新詩萌芽時代，較為成功的詩人。他對形式、音調、內容都顧得到。《流雲》是他的詩集。今引〈流雲〉於下：

啊！詩從何處尋？——
在細雨下，點碎落花聲！
在微風裡，載來流水音！
在藍空天末，搖搖欲墜的孤星。

為什麼我的雙眼，
總是不停留的，向著天邊那顆星兒看著？
啊在這四圍的黑夜中，
只有灼爍的地，
映著了我心中的一點光明。
我願聽
星河繞日的歌聲！
我願聽
白雲流空的歌聲！
我願聽
搖籃邊慈母的歌聲！

宗氏詩歌的清徹、和諧，由此可見。此外月的悲吟等詩，也很好。他對於德國文學很有研究，輯有《歌德之認識》等書。

7、郭沫若

郭氏生於一八九二年，四川樂山縣人。一九一四年赴日本留學，後來畢業於福岡醫科大學。他在求學時代便愛好文藝，所以畢業後沒有作過一天醫生，專心從事於文藝創作。他回國以後和成仿吾、郁達夫、張資平等人，創辦創造社，於一九二二年出版《創造季刊》。後又出版《創造周報》、《創造日報》等。這些刊物，當時震動了文壇，對於一般青年的影響也極深。他是一個有革命的熱情、反抗的精神的文人。一九二五年發生了「五卅」慘案，郭氏憤恨帝國主義的壓迫和國勢日衰，便轉變而提倡革命文學，那時擁護他的青年很多，不過官廳對之非常壓迫。一九二五年廣東革命軍，出師北伐時，他便投身革命軍，擔任重要工作。但不到一年，便脫離政治生涯了。移居日本研究古代文字學與古代文學。夫人為日籍，名安娜女士，子女甚多，他精通英、德、日三國文學，為人聰明而用功，譯著甚多。著有《落葉塔》、《創造十年》、《橄欖》、《我的幼年》、《文藝論集》、《三個叛逆的女性》、《女神》、《星空》……等，譯有《少年維特之煩惱》、《石炭王》、《煤油》、《屠場》、《浮士德》、《銀匣》、《法網》、《德國詩選》、《新俄詩選》、《美術考古發現史》等，共計郭氏作品有三十餘種之多。

在這裡我要說的是，郭氏是一位極可敬的學者。他有崇高的人格，深徹的見解，他那種治學的態度，值得我們青年人倣效而錢杏邨氏批評他道：

「是真的，從沫若開始了他的文藝生活，一直到現在，在他的作品中，確實地表現了一種毫無間斷的、偉大的、反抗的力。所以沫若的創作的精神，給予青年印象最深的，就是他的一以貫之的反抗精神之表演。」

（《現代中國文學作家》第一卷第五十八頁）

是的，郭氏誠然有反抗的精神，在他的詩劇文中，都可以找出來的。無疑的郭氏的作品是受了歌德（Johavln Wolfgang Von Goethe）、雪萊（Percy Bysshe Shelley）、惠特曼（Walt Whitman），諸詩人的影響的。他不但青年時愛讀他們的詩，而且譯過他們的詩。因此他的風格多少有點和他們相像。

郭氏的詩集有《女神》、《星空》、《前茅》、《瓶恢復》等。今有《沫若詩集》（現代書局出版），包括以上作品。據錢杏邨氏的意見，郭氏的詩，有四大特點即：1.豐富的靈感。2.偉大的力量。3.健全的情緒。4.狂暴的表現。郭氏的詩，固然也有缺點，不過這四種特點，卻是他獨具的。他的詩裡，處處表現著豐美的感情，和偉大的力量，實在是詩壇上不可多得的人材。曾有些學者說，他的詩有些像口號。可是我覺得像口號的詩，總是佔少數。而且在我們這紛亂的時代，有個人出來喊兩聲口號。也不為過。

郭氏的詩，有幾首是根據歷史故事而寫的長詩，如〈女神之再生〉、〈湘累〉、〈棠棣之花〉等。除此以外，多半是表現二十世紀的新精神的，如〈筆立在山頭展望〉、〈立在地球邊上放號〉、〈上海印像〉等。還有寫景詩，如〈岸上〉、〈晴潮〉、〈靜夜〉，今引郭氏的詩在下面，以便觀察他的詩風。下面是〈筆立在山頭展望〉：

大都會的脈膊喲！
生的鼓動喲！
打著在，吹著在，叫著在，……
噴著在，飛著在，跳著在，……
四面的天郊煙幕朦朧了！
我的心臟快要跳出口來了
哦哦，山岳的波濤，瓦屋的波濤，
湧著在，湧著在，湧著在，湧著在呀！
萬籟共鳴的Symphony
自然與人生的婚禮呀！
彎彎的海岸好像Cupid的弓弩呀！

人的生命便是箭，正在海上放射呀！
黑沉沉的海灣，停泊著輪船，進行著的輪船，數不盡的輪船，
一枝枝的煙筒都開了朵黑色的牡丹呀！
哦哦，二十世紀的名花！
近代文明的嚴母呀！

又如〈立在地球邊上放號〉：

無數的白雲正在空中怒湧，
啊啊！好幅壯麗的北冰洋的晴景喲！
無限的太平洋提起他全身的力量來要把地球推倒。
啊啊！我眼前來了的滾滾洪濤喲
啊啊！不斷的毀壞，不斷的創造，不斷的努力喲！
啊啊！力喲！力喲！
力的繪畫，力的舞蹈，力的音樂，力的詩歌，力的Rhythm喲！

（《沫若詩集》第八十七頁）

我們看這兩首詩，它都是表現著強大的力，二十世紀的震動和奔馳的。再看〈密桑索羅普之夜歌〉：

無邊的天海呀！
一個水銀的浮漚！
上有星漢湛波，
下有融晶汎流，
正是有生之倫睡眠時候。
我獨披著件白孔雀的羽衣，
遙遙地遙遙地，
在一隻象牙舟上翹首。

啊，我與其學作個淚珠的鮫人，
返向那沉黑的海底流淚偷生，
寧在這縹緲的銀輝之中，
就好像那個墜落了的星辰，

曳著帶幻滅的美光，
向著無窮長殞！
前進！……前進！
莫辜負了前面的那輪月明！

（《沫若詩集》一七六頁）

作者的美麗的靈感，健全的情緒，由此可見。綜觀郭氏全詩，有點舉不勝舉，好在這幾首也足以代表了。今再引六行最好的詩句如下：

九嶷山上的白雲，有聚有消。
洞庭湖中的流水，有汐有潮。
我們心中的愁雲呀，啊！
我們眼中的淚濤呀，啊！
永遠不能消！
永遠只是潮！

（《沫若詩集》三十一頁）

郭氏這種詩的風格，是足以代表時代的。他不以個人的憂愁為憂愁。不以個人的快樂為快樂，他描寫的是那個時代的動態。所以錢氏要說：

所以我們很大膽的自信，沫若是一個詩人，中國新文壇上最有成績的一個詩人。

（《現代中國文學作家》第六十七頁）

8、謝冰心

謝女士生於一九〇三年，福建福州人。女士名婉瑩，別號冰心。她生在美滿的家庭裡，從小便受到良好的教育。在燕京大學讀書的時候，便開始寫小說、散文、詩歌等。一九二三年畢業於燕京大學，接著便到美國去了。在美國寫《寄小讀者》，在《北平晨報》上發表。她作品裡面，最得人讚美的，是這部書。一九二六年由美回國。後與社會學家吳文藻結婚，現居北平燕京大學西側。因身體不健，很少創作。著有《冰心小說集》、《冰心散文集》、《冰心詩集》，均由北新書局出版。

冰心女士是新詩第一期裡，唯一的女詩人，這是我們應該注意的。《冰心詩集》是她的詩的全集，內包括〈繁星〉、〈春水〉及〈迎神曲〉等。她生長在溫柔的家庭裡，又自小住近海邊；所以她對於慈母和大海，都有無限熱情。她很有天才，文筆清麗、詩意柔美。很顯著的是冰心女士的詩，有兩大特點：第一是詩的形式是「小詩體」，女士受印度詩人泰戈爾（Rabindranath Tagore）的影響最深。因而她的詩體如〈繁星〉、〈春水〉，全部都是「小詩體」。她用這種體裁，又影響了國內許多詩人。第二是詩的內容，多半是個人的閒情。詩體既然小了，其表現的情緒也大體是小巧的，細膩的。這在她任何一首詩中都可看出。

現在我們看她的詩，〈繁星〉第三十三

母親呵！
撇開你的憂愁，
　容我沉醉在你的懷裡，
　　只有你是我靈魂的安頓。

（《冰心詩集》第一三頁）

〈繁星〉第一五九：

母親呵！

天上的風雨來了，
　鳥兒躲到他的巢裡；
心中的風雨來了，
　我只躲到你的懷裡。

（《冰心詩集》二〇六頁）

又〈繁星〉第七十：

坐久了，
　推窗看海吧！
將無限的感慨
　都付與天際微波。

（《冰心詩集》第一六六頁）

〈春水〉第一六七：

綠水邊——
　幾雙游鴨，
　幾個浣衣的女兒，
在詩人爐前，
　展開了一幅圖畫的圖畫。

（《冰心詩集》第三〇五頁）

又〈繁星〉第十三：

童年呵！
是夢中的真，
　是真中的夢
是回憶時含淚的微笑

（《冰心詩》集第一二一頁）

又〈繁星〉第七十四：

嬰兒，
是偉大的詩人，
在不完全的言語中，
吐出最完全的詩句。

（《冰心詩集》第一五八頁）

在這每一個小小的段落裡，都含著作者對於人生的深意，又引〈紙船（寄母親）〉於下：

我從不肯妄棄了一張紙，
總是留著——留著，
疊成一隻一隻很小的船兒，
從舟上抛下在海裡。

有的被天風吹捲到舟中的窗裡，
有的被海浪打濕，沾在船頭上，
我仍是不灰心的每天的疊著

總希望有一隻能流到我要他到的地方去。

母親，倘若你夢中看見一隻很小的白船兒，
不要驚訝它無端入夢。
這是你至愛的女兒含著淚疊的，
萬水千山，求它載著她的愛和悲哀歸去。

（《冰心全集》第六十九頁）

這可算她的詩中，最完全的一首了。冰心女士在中國新詩壇上，是可以佔一個良好的位置的，因為她是一位較有成就的女詩人。

9、康白情

康氏名洪章，別號白情。四川人，他是北京大學畢業生，曾遊學日、美各國。他對於舊文學很有研究，善寫舊詩。著有《草兒在前集》及《河上集》。

《草兒在前集》是他的新詩集。他自己說：「《草兒在前集》是去前年間，新文化運動裡隨著群眾的呼聲，是時代的產物。」他的詩以寫景詩為最佳。今引〈晚晴〉於下：

大風雹過去了，
世界全笑了。
天安門外，陡呈滿天地莊嚴的顏色
紅日從西北角上射過來，
偌大一堆藍玉都給他烤透了。
群眾五萬人能容的地上，斜返出花花路路的紅影子。
紅臉紅手的兵，帶著紅帽子，很嚴肅的在紅影子上排立著。四圍紅牆黃瓦，紅樓綠瓦，都
端端正正的對著西北角上的紅日放光。
東長安街花牌坊上，卻拖出兩道很長很長的彩虹園，接著正陽門上的大城樓。
沿路合歡花的紅冠，都給北京電燈公司的煙囪上的金煙，鍍成赤金色了。
哦夥！世界全笑了！
大風雹過去了！
這些景樣樣都不錯。
上帝送我。

我應該怎麼樣作？

（《草兒在前集》卷三第一頁）

梁實秋氏說：

「越是平常的景緻，越要寫得不平常，纔能令讀者看得上眼。即如天安門前的景象，是北京市民『司空見慣』的了，也是作者常常經驗到的了，所以難得寫好。而晚晴這首，卻是恰到好處──以紅色作了通篇的骨子，由『紅日』聯寫到『紅臉』、『紅手』、『紅帽子』、『紅影子』、『紅牆』、『紅樓』，直令讀者感覺到一片紅光耀眼！如看一幅敷滿紅色的水彩畫一般。在一片紅光裡，反隱著『藍玉』、『黃瓦』、『綠瓦』、『金煙』，就更合乎畫家所講求的色彩的節奏（rhythm）了。寫景能如此，不愧設色的妙手了。」

（《草兒評論》第十五頁）

〈晚晴〉這一首，誠如梁先生說的「不愧設色妙手」。又如〈日觀峰看浴日〉、〈江南〉，裡面也有精鍊的句子。又引〈送客黃浦〉：

送客黃浦，
我們都攀著纜——風吹著我們底衣裳——
站在沒遮攔的船樓邊上。
黑沉沉的夜色
迷離了山光水暈，就星火也難辨白。
誰放浮鐙？——髣髴是一葉輕舟？
卻怎麼不聞橈響？
今夜的黃浦；
明日的九江。
船呵，我知道你不問前途
儘直奔那逆流的方向！
這中間充滿了別意，
但我們只是初次相見。

（《草兒在前集》卷一第十一頁）

這一首送別詩，寫情寫景，俱臻佳境，可推絕唱。又胡適之先生說：

「洪章的《草兒在前集》，在中國文學史上的最大貢獻，在於他的紀遊詩。中國舊詩最不適於作紀遊詩，故紀遊詩好的極少。…………這是用新體詩來紀遊的第一次大試驗，這個試驗可以算是大成功了。」

（《草兒在前集》三版序第七頁）

我以為康氏也許是，中國第一個用新詩寫紀遊詩的人。不過他並沒有成功。如他的〈廬山紀遊〉，〈日光紀遊〉等，寫得夠煩亂的，一點沒有詩意，倒不如寫一篇散文的好。

10、徐玉諾

徐氏為河南魯山縣人，他也是當時詩壇有名的人物。詩集為《將來的花園》（商務印書館出版）。書裡有鄭振鐸、葉紹鈞二氏的序文。徐氏的詩裡，也流動著泰戈爾的靈魂。如：

「人生最好不過做夢，
一個連一個的
摺蓋了人生的斑點。

又如小草花：

「米一般黃或紅的小花，
摺美了田邊、山林；
在白草叢中
偷偷的放出香芳。
小小草花，纖弱的處女呵，
你是失意者之愛人」

（《將來之花園》第一〇二頁）

這兩首小詩，很可以代表他的風格與個性。徐氏作品精采的少，所以不多談了。

11、劉大白

劉氏名靖裔，大白是他的別號。他是前清的舉人。歷任國內各大學教授、曾任教育部次長，一九三一年春，在杭州病故。著有《舊詩新話》、《白屋說詩》、《白屋文話》、《郵吻》、

《秋之淚》、《丁寧》、《賣布謠》、《再造》、《舊夢》……等。《舊夢》、《郵吻》、《秋之淚》、《丁寧》、《賣布謠》、《再造》，都是他的詩集。他的詩是由舊詩詞裡脫胎出來的。今引〈西湖秋〉泛於下：

厚敦敦的軟玻璃裡，
倒著碧澄的一片晴空：
一疊疊的浮雲，
一羽羽的飛鳥，
一灣灣的遠山，
都在晴空倒映中。

湖岸的
葉葉垂楊葉葉楓：
湖西的
葉葉扁舟葉葉篷：
掩映著一葉葉的斜陽，

搖曳著一葉葉的西風。

這裡面，很顯然的有舊詩詞意味。又如〈賣布謠〉：

嫂嫂織布，
哥哥賣布。
賣布買米，
有飯落肚。

嫂嫂織布，
哥哥賣布。
弟弟褲破，
沒布補褲。

嫂嫂織布
哥哥賣布。

是誰買布？
前村財主。

土布粗，
洋布細，
洋布便宜，
財主歡喜。
土布沒人要，
餓倒哥哥嫂。

這一首詩的風格與意義都很好，又能反映勞苦的市民生活，可稱佳作。劉氏不成熟的作品很多。尤其是舊詩裡的小詩，零碎繁雜，沒有價值。

12、汪靜之

汪氏生於一九〇三年，安徽績溪人。他在五四運動時代，便以青年詩人稱著於世。曾任安徽大學教授。著有《蕙的風》、《寂寞的國》、《耶穌的吩咐》、《翠英及其夫的故事》、《李杜研究》、《詩歌原理》等。

他的詩集有《蕙的風》，和《寂寞的國》。前者是他青年時代的作品，裡面充滿了奔放的熱情，歌頌著自然和戀愛。後者是他成年時代的作品，咏的是人生的哀痛和不平。

曾經引起了多人注意的是《蕙的風》。他寫這詩時才二十歲，所以他表現的是真率的感情。朱自清氏說：

「他有詩歌天才，他的詩藝術雖有工拙，但多是性靈的流露。……小孩子天真爛漫，少經人世的波折，自然只有無關心的熱情，瀰滿在他的胸懷裡。所以他的詩多是讚頌自然、詠歌戀愛。所贊詠的，又祇是清新、美麗的自然，而非神秘、偉大的自然；所以詠歌的，又只是質直、單純的戀愛，而非纏綿、委曲的戀愛。這才是孩子潔白的心聲，坦白的少年氣度。」

（《蕙的風》第一頁）

汪氏的詩，有些是很幼稚的，但這正如朱氏所說，「都是性靈的流露。」他的情感表現得異常「真率」。如〈過伊家門外〉：

我冒犯了人們的指謫，
一步一回頭地瞟我意中人；
我怎不欣慰而膽寒呵。

（《蕙的風》第二十九頁）

他這種大膽而坦白的描寫，曾受了當時人們的攻擊。其實汪氏的詩的好處，就在這一點天真上。其他如〈忠愛〉、〈太陽和月亮的情愛〉、〈心的堅城〉、〈同情〉等，都是充滿天真的好詩。《寂寞的國》和《蕙的風》一比便大不相同了。第一：《寂寞的國》裡，除了少數的小詩外，都有極整齊的形式。《蕙的風》便不是一樣的。第二：《蕙的風》裡，有對於自然與戀愛的讚頌；而《寂寞的國》裡多哀傷與詛咒之聲。這恐怕由於汪氏年齡的增加和環境的改變。今再引〈我結的果是墳墓〉，以窺他作風的改變：

河水呀，你在趕你的道路，
我也在趕我的程途；
但你的目的是大海，
我的終點是墳墓。

蜜蜂啊，你忙著採取花露，
　我也和你一樣勞苦；
但你的收成是甜蜜，
　我的收成是墳墓。

梨樹呀，你忙著花白葉綠，
　我也工作得極辛楚；
但你結的果是雪梨，
　我結的果是墳墓。

（《寂寞的國》第七十八頁）

這一部詩集，較之上一部進步多了，同時也沉痛多了，那真率的態度也不易見了。在這裡我們可以這麼說：汪靜之氏在詩壇裡，給我們的印象是一個熱情而天真的詩人。

13、王獨清

王氏生於一八九八年，陝西長安人。他是郭沫若、穆木天諸人的好友，也是創造社的主要分子。王氏自幼便愛好文學，曾遊學日本及歐西各國，對於西洋文學有十分的了解，著有《楊貴妃之死》、《貂蟬》、《暗雲》、《聖母像前》、《死前》、《威尼市》、《埃及人》、《煅煉》、《獨清詩選》。譯有《獨清譯詩集》、《但丁》等。

他的詩集有《聖母像前》、《死前》、《威尼市》、《埃及人》、《煅煉》、《獨清詩選》等。他的詩歌情調異常沉痛。他生平最崇拜但丁（Alighieri Dante）與拜倫（Lord Byron），因而他的作品多少也受了他們的影響。

今引〈弔羅馬〉於下：

我趁著滿空濕雨春天，
來訪這地中海上的第二長安！
聽說這兒是往日許多天才底故家，
聽說這兒養育過發揚人類的文化；
聽說這兒是英雄建偉業的名都，
聽說這兒光榮的歷史永遠不朽……

哦，雨是這樣的迷濛不停，
我底胸中也像是被如潮的淚在浸潤！
—惱人的雨喲！愁人的雨喲！
你是給我洗塵，還是助我弔這荒涼的古城？
（《獨清詩選》第二十七頁）

又原詩第二段

我看見羅馬城邊的山原，
忽然想起古代那些詩人；
他們赤著雙腳，
他們袒著半胸，
他們手持著軟竿，
趨著一群白羊前進。
他們一面在那原上牧羊，
一面在那原上獨吟……

他們是真正的創作者，
也是真正的平民。
哦，可敬的人們，
怎麼今日全無蹤影？
——原上的草喲，
你們還在為誰長青？

（《獨清詩選》第三十頁）

王氏的詩，不但情調沉痛，氣勢也相當的浩大，我們細讀〈弔羅馬〉、〈埃及人〉、〈但丁墓旁〉，便可知道。王氏寫詩還有一個特點，便是特別注重「色」與「音」。如〈玫瑰花〉：

在這綠色的燈下，我癡看著她，
我癡看著她淡黃的頭髮，
她深藍的眼睛，她蒼白的面頰，
啊，這迷人的水綠色的燈下！

（《獨清自選集》第七頁）

王氏以為這種「色」「音」感覺的交錯，在心理學上就叫作「色的聽覺」（Chromatie），在藝術方面，即是所謂「音畫」（Klangmalerei）。詩歌要作到這種地步才算得完美。

他對於詩，還畫了一個公式，即：

（情＋力）＋（音＋色）＝詩

而他的詩，差不多都是合於這個公式的。其他如〈三年以後〉、〈賽因河邊的冬夜〉、〈威尼市〉、〈偉大之死〉等詩，都應一讀，恕不多引。

14、穆木天

穆氏生於一九〇〇年，吉林伊通縣人。他是日本東京帝大的文學博士，回國後參加創造社。曾任廣州中山大學、吉林省立大學教授。著有《旅心》，譯有《牧歌交響曲》、《塔什干》、《初戀》等。

《旅心》是穆氏的新詩創作集。他的詩寫得沒有王獨清氏那麼沉痛，而且也沒有什麼特色。今舉〈落花〉於下：

我原透著寂靜的朦朧，薄淡的浮紗，
細聽著淅淅的細雨寂寂地簷上激打，
遙對著遠遠吹來的空虛中的嘘嘆的聲音，
意識著一片一片的墜下的輕輕的白色的落花。

落花掩住了蘚苔，幽境石塊沉沙，
落花吹送來白色的幽夢到寂靜的人家，
落花倚著細雨的纖纖的柔腕虛虛的落下，
落花印在我們唇上接吻的餘香，啊！不要驚醒了她！

啊——不要驚醒了她，不要驚醒了落花！
任她孤獨的飄蕩、飄蕩、飄蕩，飄蕩在
我們的心頭、眼裡、歌唱著，到處是人生的故家
啊到處那裡是人生的故家——寂寂的聽著落花

妹妹——你願意罷！我們永久透著朦朧的浮紗
細細的深嘗著白色的落花深深的墜下
你弱弱的傾依著我的胳膊，細細的聽歌唱著她：
「不要忘了山巔、水涯，到處是你們的故鄉，到處是你們的落花。」

穆氏的作風，由此可以領略，故不多述。

以上所舉十四位詩人，都是第一期的重要作家。此外尚有汪敬熙（著有《雪夜》）、陳衡哲、王光祈、沈尹默、傅斯年、田漢、李大釗、孟壽椿、周太玄、鄭伯奇……諸氏，都是新青年時代，努力寫詩的人。還有鄭振鐸、劉延陵、葉紹鈞、郭紹虞（四人詩均見於《雪潮中》），許地山、成仿吾、胡思永、陸志韋（著有《渡河》、《中西小唱》）、謝來江……諸氏，他們都是給詩壇奠基的人，其功不可磨滅。

第三節　第一期新詩略論

在我們覺得我國這次新文化運動，對於詩的改革是相當的、徹底的，而且也相當的成功的。在往古的時代，由五言變到七言，由七言變到詞，由詞變到曲，雖然也是改革，可是他們真算不得徹底。由五言變到七言變到詞，他們是一個小小的改變，把體式變動一下而已。至於內容是沒有多大改動，我們看七言詩的〈長恨歌〉和曲裡面的〈長生殿〉，他們表現的意義，還不是一樣，不過其寫法不同而已。所以以往的改革，是極微小的。而這一次把一切有韻的詩體推倒，重建新體，裡面放新的思想進去，這確是非常徹底的，雖然初期的作家，有些仍未脫舊詩詞的風味，可是完全用新形式、新內容的已有幾位了。往後就更多了。第一期是從民國六年（一九一七）到「五卅」慘案的前夕（一九二五）止，這短短的八、九年中，已有幾位是很有成就的作家了。如郭沫若、謝冰心、王獨清。是我們讀了他們的詩，就覺得新詩的進步是不算慢的。

在這一期裡的詩歌，也有幾個特點，值得注意一下：

1. 這一期裡，最顯明的事實是：許多詩作，沒有脫掉舊詩詞氣味。這是由於早期的詩人們，對於舊文學都有根底，寫起詩來不免將文辭句滲進去。胡適先生就不用說了。他的《嘗試集》裡，有許多就是五言詩、七言詩，如〈蝴蝶〉、〈鴿子〉、〈希望〉等，都是帶有舊詩味的新詩。俞平伯氏的詩中舊詩詞更多，如：

「看雲生遠山
聽雨來遠天，」

又如：

「既然孤冷，因甚風巔？
仰頭相問，你不會言！」

又〈憶游雜詩〉也頗像詞

「白象牙、青獅頭，
上頭蝸蝸青絲蘿；
大魚潭底游。」

又如：

「瓜洲一帶綠如裙帶，
山色蒼蒼山色黃，
為什麼金山躲了水中央？」

這都是不脫舊氣味的新詩。康白情、劉大白等人的詩中，這一類的句子更多。我們覺得這是第一期詩壇上普遍而必然的現象，對於這一點，後來的詩人都知道避免，自是極好的現象。

2.在這一期的詩歌裡作品幼稚的很多。有些不應入詩的句子也入了詩，有些很淺薄的意思也入了詩，使得詩成了很無聊的東西，今舉康白情氏的詩，來作代表。如〈別北京大學同學〉：

我們想，
所貴乎作同學的應該怎麼樣？
不是說要互勸道德、互砥學問、互助事業麼？

又如〈植樹節雜詩〉：

誰說頤和園不是我們自己的
我們縱承認私有財產是對的
難得不記得當年海軍經費六千萬元支消在那裡麼？

這一類演說詞式的句子寫入詩中，不是有點幼稚麼？又如汪靜之氏的〈萌芽〉：

人們不算你是人，
不承認你有爹媽，
不許你爹媽生你；
並且——
你爹媽也不敢說
你是他們生的。
你沒有人管的嬰兒呵！

你真沒有爹媽麼？
不問他怎樣，
這世界該有你的爹媽吧。
你終是世界一個兒子吧。
（《蕙的風》第一〇五頁）

汪氏把這一點意思，來回的說，未免有點幼稚而囉嗦。但這正是這一期詩壇的最大缺點。

3. 太漠視音節，也是這一期的特點，我以為詩歌之所以異於散文，正因為他們有音節。而有些個詩人們，把押韻、平仄打倒之後，就全不顧詩的音節，把詩弄得都不像詩了。如康白情氏的〈廬山紀遊〉第九段：

後來我又問了她些廬山的事。
後來她又問了我些北京大學合校的事。
後來她又許我送我的書。
後來我又許她介紹他和我的朋友研究宗教學的江紹厚通信。
後來我要走了，

她才打發一個提燈籠的，送我回去了。

（《草兒在前集》第三十八頁）

康氏這六行句子，把它連在一塊，還不是篇散文，簡直不能稱為詩。像這種沒有音節的句子，就不能稱為詩。詩不一定要押韻，可是沒有音節句子，只是散文不是詩。其他，如劉半農、汪靜之等人，也有許多不注意音節的詩。這一點缺點，到了第二期的詩人，是大加改正了的。容下章再說。

4. 這一期的小詩，特別流行。有人稱之為「小詩流行時期。」寫小詩最出名的是冰心女士。此外徐玉諾、汪靜之，也有不少小詩。小詩一面是周作人先生從日本介紹來的，一面是受了印度詩人泰戈爾的影響。一九二四年泰戈爾老人來華講學，又加上王獨清、鄭振鐸、徐志摩諸氏，把他的作品譯成中文，使得一般詩人，喜歡他而受他影響。小詩因此而流行。不過這種小詩的流行，對於當世沒有什麼好的影響。除了冰心女士的小詩，寫得相當有意味以外，其餘的寫得都不大成功。不是失於淺薄，即是失於瑣碎，如汪靜之的小詩《孤傲小章》第四首：

你喜歡作惡，

只得作你的罷；
請勿當作遺產傳遺子孫呀！

（《蕙的風》第一二五頁）

又如蟋蟀音樂師第五首：

自古以來的人類，
這樣機械的活著，
再沒有比這厭倦的了！

（《蕙的風》第一〇五頁）

這一類的小詩，實在沒有什麼意味。詩小並不一定就沒有藝術的價值。不過像這樣的小詩，便太沒有價值了。至到今日雜誌上，仍不時登著這樣無聊的小詩，實在可說是小詩流行時期，流下的毒了。

綜觀這初期的詩歌，藝術價值當然談不到，而詩人們確已把舊的推倒，又給重新建立了一個新的雛形。這個新的雛形，正待著後來的人們，去琢磨，去修整。

第三章　新詩的第二期（一九二五—一九三一）

第一節　詩壇概況

從一九二五年「五卅慘案」以後，到一九三一年，是新詩的第二期。這一期詩壇開展了新局面，詩人們開始向詩的藝術方面探討。有兩種詩的刊物先後出現，它們對於新詩有了極大的貢獻。一個是《北京晨報》副刊的《詩刊》（在一九二五年出版）；一個是新月書店出版的《詩刊》（在一九三一年出版。）這兩個刊物，在詩壇上是居於領導的地位的，新詩的演進，由這兩個刊物裡，也可以看出痕跡來。

《北京晨報》副刊的《詩刊》是出版於一九二五年四月一日，每星期出刊一次。主編人為聞一多、徐志摩諸先生，他們對於新詩取了一個什麼態度呢？徐志摩在〈詩刊弁言〉裡說：

「……我們的大話是：要把創格的新詩，當一件認真事情做。……再說具體一點，我們幾個人都共用著一點信心：我們信詩是表現人類創造力的一個工具，與音樂與美術是同等同性質的；我們信我們這民族，這時期的精神解放或精神革命，沒有一部分想像的詩式的表現，是不完全的；我們信我們自身靈性裡，以及周遭空氣裡，多的是要求投胎的思想的靈魂，我們的責任是替他們博造適當的軀殼，這就是詩文與各種美術的新格式，與新音節的發現；我們信文藝的生命，是無形的靈感，加上有意義的耐心與勤力的成績；最後我們信我們的新文藝，正如我們的民族本體，是一個偉大美麗的將來的。」

（《晨報副刊》十五年四月一日《詩刊》第一期）

主張給新詩造一個「適當的軀殼」，也就是給新詩找一個新格式新音節的是詩刊諸人的共同意見，而徐氏是頭一個提出這種主張來的人，接著便是饒孟侃先生，對於詩的音節提出來討論，他在新詩的音節裡說：

「我們知道一首詩，無論它是中國詩、外國詩、新詩或舊詩，除了面皮上附著的不相干的題目以外，裡面祇包含得有兩件東西：一件是我們能夠理會出的意義，再一件是我們聽得出的聲音。假如一首詩裡面只有意義，沒有調和的聲音，無論它的意思多麼委婉、多麼新穎，我們只能算它是篇散文。反過來說，一首詩裡面祇聽得出和諧的聲音，而沒有特殊的意義，無論是多麼動聽，也只能算是一個動聽的調子。因為一首完美的詩裡，所包含的意義和聲音總是調和得恰到好處，所以在表面上雖然可以算它是兩種成分，但是其實還是一個整體，這個整體就是現在我們所要討論的音節。」

（《晨報詩刊》第四號）

饒氏重視音節，由此可見。在後面他說關於音節這方面有四點應注意：即格調、韻腳、節奏、平仄四項，於寫詩時都應顧到。這較之第一期的詩人們，隨意而寫的已進步多了。而聞一多氏有更重要的意見發表，即主張寫詩要重視格律，他在〈詩的格律〉中說：

「假定『遊戲本能說』，能夠充分的解釋藝術的起源，我們盡可以拿下棋來比作詩；棋不能廢除規矩，詩也就不能廢除格律。假如你拿棋子來亂擺佈一氣，完全不依據下棋的規矩進行，看你能不能得到什麼趣味。遊戲的趣味，是要在一種規定的條律之內，出奇致勝。作詩趣味，也是一樣的。假如詩不要格律，作詩豈不比下棋，打球、打麻將還易些嗎……但是Bliss Perry教授的話來得更古板，他說：『差不多沒有詩人承認他們真正給格律束縛住了。他們樂意帶著腳鐐跳舞，並且要帶別個詩人的腳鐐。』」

（《晨報詩刊》第七期）

他的意思是詩要在一定的格律下，才能寫出好詩。又說：

「詩的所以能激發情感，完全在它的節奏，節奏便是格律。莎士比亞的詩劇裡，往往遇到情緒緊張到萬分的時候，便用韻語來描寫。歌德作『浮士德』也曾採用同類的手段，……這樣看來，恐怕越有魄力的作家，越是要帶著腳鐐跳舞才跳得痛快，跳得好。只有不會跳舞的才怪腳鐐礙事。只有不會作詩的，才感覺得格律的束縛。對於不會作詩的，格律是表現的障礙物；對於一個作家，格律便成了表現的利器。」

（《晨報詩刊》第七期）

「越有魄力的作家，越要帶著腳鐐跳舞才跳得痛快，跳得好。」這是聞氏的名言。最後他說：

「……格律就是form。是問取消了form，還有沒有藝術？……格律就是節奏。講到這一層更可以明瞭節奏的重要；因為世界上只有節奏比較簡單的散文，決不能有沒有節奏的詩。」

（《晨報詩刊》第七期）

聞氏對這一方的見解，發表得很透徹了。而這也正是辨詩刊諸人，共同的見解。在這樣的情況之下產出來的詩，有兩個特點：第一是字數整齊，也就是有一定的格律。第二是注重音調。今舉聞一多氏的〈口供〉以窺其風格：

我不騙你，我不是什麼詩人，
縱然我愛的是白石的堅貞，
青松和大海，鴉背馱著夕陽，
黃昏裡織滿了蝙蝠的翅膀。
你知道我愛英雄還愛高山，
我愛一幅國旗在風中招展，
自從鵝黃到古銅色的菊花。
記著我的糧食是一壺苦茶！

可是還有一個我，你怕不怕？——

蒼蠅似的思想，垃圾桶裡爬。

（死水第一頁）

這一類的詩，不但格式劃齊了，就是對於音調、韻腳也加上了工夫。如第一行「人」和第二行「貞」，押在一韻。第三行「陽」和「膀」，押在一韻。第五行「山」與第六行「展」，押在一韻。在音調方面講，的確是進步了許多。同時朱湘、徐志摩、饒孟侃諸氏的作品，也是按著這整齊的格律寫下來的。這影響了後來的寫詩人。差不多第二期的詩人作品，其格律大半是整齊的。在這一個刊物上寫詩有名的人，有劉夢葦、于賡虞、焦菊隱、張鳴琦等人。詩刊的出版的年月，並不長只有三個多月的工夫，（共十一期），可是它對於詩壇的貢獻是極大的。

在一九三一年一月，新月書店又有《詩刊》出版，這是一個季刊，每三個月出一本，由徐志摩、邵洵美二氏主編。這個《詩刊》比《晨報詩刊》規模為大。每一本約一百頁上下，當代的詩家，都被約撰稿。第一期上，徐志摩的〈序語〉是一篇很重要的文章：

「我們在新月月刊的預告中，曾經提到前五年載在北京晨報副刊上的十一期詩刊。那刊物，我們認得是現在這份的前身。在那時候，也不知那來的一陣風，忽然吹旺了少數朋友，研求詩藝的熱，雖則為時也不過三兩個月，但那一點子精神，真而純粹、實在而不浮誇，是值得紀念的。現在我們這少數朋友，隔了這五六年，重複感到『以詩會友』的興趣，想再來一次集合的研求，……」

（《詩刊》第一期第一頁）

我們不要忘了《晨報詩刊》便是他的前身，而二者的精神是一貫的。徐氏又說：

「第一，我們共信（新）詩是有前途的；同時我們知道這前途不是容易與平坦，得憑很多人共力去開拓。

其次，我們共信詩是一個時代最不可錯誤的聲音，由此我們可以聽出民族精神的充實抑空虛，華貴抑卑瑣，旺盛抑銷沉。一個少年人偶爾的抒情的顫動，竟許影響到人類終古的情緒；一支不經意的歌曲，竟許可以開成千百萬人熱情的鮮花，綻出瑰麗的英雄的果實。

更次，我們共信詩是一種藝術。藝術精進的秘密，當然是每一個天才不依傍的致力，各自翻出光榮的創例，但有時集合的純理的探討與更高的藝術的尋求，乃至根據於私交的風尚的興起，往往可以發出一種特殊的動力，使這一種，或那一種藝術更意識的安上堅強的基築，這一類情形在文藝史上可以見到很多。」

（《詩刊》第一期第一頁）

徐氏這篇序語，寫得很委婉，他相信詩是有前途的，可是得人們努力。他對於詩的藝術，是主張虛心的探求。這種態度是可敬的。同時梁實秋氏給徐志摩氏寫信說：

「我以為我們現在要明目張膽的模做外國詩，但是模做外國詩的那一點，不可不注意。我以為取材的選擇，全篇內容的結構，韻腳的排列，都不斟酌採用，但是音節能否採取外國詩的，我就懷疑了。這一點是最值得討論的。

詩不比歌，不一定要唱的，但是音節卻不可沒有。中國舊詩是有固定格調的，平仄也是有一個大概的規律；外國詩的音節，也是有固定的格調的；但是新詩呢？現在的新詩，最令人不滿者，即是讀起來不順口。現在有人把詩寫得很整齊，例如十個字一行，八個字一行，但是讀時仍無相當的抑揚頓挫，這不能不說是一大缺點。」

（《詩刊》第一期第八十五頁）

梁氏又說：

現在新詩音節不好，因為新詩沒有固定格調。在這點上，我不主張模倣外國的格調，因為中文和外國文的構造太不同，用中文寫永遠寫不像。唯一的希望就是你們寫詩的人，自己創造格調，創造出來還要繼續的練習純熟，使成為新詩的一個體裁。在模倣外國詩的藝術的時候，我們還要創造新的合於中文的詩的格調，——這該是我們今後努力的方向罷？

（《詩刊》第一期第八十六頁）

梁氏是主張寫新詩的人，應該斟酌著採用西洋詩體，並希望大家自己創造格調，使成為完美的體裁，而胡適之氏則更進一步地說：

「……我至今還繼續希望的是，用現代中國語言來表現，現在中國人的生活、思想、感情，這是我理想中的新詩的意義，——不僅是「中文寫的外國詩」，也不僅是用「中文來創造外國詩的格律，來裝進外國式的詩意」的詩。

所以我贊成實秋最後的結論：「唯一的希望就是你們寫詩的人，自己創造格調。」要創造新的合於中文的詩的格調」，他說：在這點 上我不主張模倣外國詩的格調。……用中文寫Sonnet永遠寫不像。其實不僅是寫不像的問題，Sonnet是拘束很嚴的體裁，最難沒有湊字的毛病，我們剛從或小腳解放出來，又何苦去裹外國小腳呢？」

（《詩刊》第四期第九十八頁）

胡氏和梁氏的主張，一樣都贊成最好是詩人自己創造新體。可是我們試看這一期的詩人，到底創出了新體沒有呢？我的回答是詩人們自己，並未創出新體。這只要把這時期的詩，拿來一看，便可知道。他們不但沒有創出新體來，他們的體式完全是西洋的。說到這裡，我們便要述說一下西洋詩體的引用。

西洋詩體的引用，在第二期的詩壇上，是最應記載的事。上面說過，第一期的詩人，把中國的舊思想、舊格式完全打倒，他們需要新的格式，來裝新思想。結果是「自由詩」在第一期出現。這些詩，沒有什麼藝術上價值，它只是擺脫了舊藩籬，用自由的形式，表現了新思想而已。第二期的詩人，覺得好詩必須要有格律。這些遵守格律的人們，大部分都是引用了西洋的格律，他們引用的結果，也是有相當的成功的。

詩人們引用的西洋詩體，普通有三種，即：

1. 商籟體（Sonnet）
2. 白韻詩（Blank Verse）
3. 自由詩（Free Verse）

這三種都是西洋詩人，慣用的體裁，而我們把他引過來試用。今略述一二。

1.商籟體又名十四行詩，即（Sonnet）這字來源於意大利文Sonett（即「聲音」之意）。商籟體產生於多斯加納Tuscauy（西西里），不過是一種歌兒。後被但丁（Dante）與皮特拉克採用，此體才流行起來，由意大利流到法國，由法國到英國。到了這時，也引進中國來了。商籟體可大別為二類。即皮特拉克式（Petrachan Sonnet）其格式為：

a b b a　a b b a　c d e　c d e或為

a b b a　a b b a　c d c　d c d

這正分了四段，第一段是起，第二段是承，第三段是轉，第四段是合，恰如我們所謂的「起承轉合」。這種到第八行上，必須有一頓，才好。前八句自成一段落，後六句是把前面的意思引伸一下，或轉變一下。這樣寫來便好。再有一種是莎士比亞式（Shakespeare Sonnet）此式創自莎士比亞，其格式為：a b a b　c d c d　e f e f　g g。這裡共用七個不同的音，末後兩句，總是結前面的十二行的。兩種格式大致如此，商籟體宜於談情說理，但是內容要精練，下筆要靈活。我國寫商籟體，有聞一多、朱湘、孫大雨諸氏，寫得相當成功。今舉孫大雨氏的〈回答〉作代表：

你問我對她有多少愛，我不知
怎樣回答，愛情是活命的米糧，

不幸這人間缺少了一種衡量；
它也是生命的經緯，可是誰是
造物自己，能把它析了縷，分成絲
再用天上的尺寸，量它的短長？
不過少年人有個共同的信仰；
都信假使沒有它，大家不如死，
我對她的愛，可以比作一片海：
零碎的殷勤，好比銀白的浮漚，
再沒有人能把它們計數得清；
這海沒大小，輕重，也沒有邊界，——
她不愛我，浪頭刀削一般的陡。
愛我時，太陽照著萬頃的晴明。

（《詩刊》第一期第三頁）

2.白韻詩，即（Blank Verse）就是無韻詩。詩的好壞，不一定在韻，只要有流利的節奏，即是好詩。此體約於一五四〇年由意大利傳入英國。Henry Howard頭一個用它譯Vergil's Aneid接著便是Nicholas Grimald, Sackrille, Norton試用著寫英國詩。後來莎士比亞（William Shakespeare）用這體來寫《哈姆雷特》（Hamlet）和《As you like it》等劇。白韻詩遂流行英國，彌爾敦的《失樂園》，也是用的這一體。

白韻詩雖沒有韻，可是格律很嚴。其體為一行十綴音（Syllable），分為五尺（foot）都以先輕後重為律。如

—、—|、—|、—|、—|、—

中國新詩裡面，很少可以嚴格的稱為白韻詩的。他們寫白韻詩，只是不押韻，對於節拍是向來不管的，許多詩雖稱之為白韻詩，其實都是自由詩。所以這一體，雖被多人試用，可是沒有成功的。徐志摩、聞一多、陳夢家、都沒有寫出嚴格的白韻詩來，故不舉例了。

3.自由詩（free Verse），是歐美現在最盛行的詩體。它沒有韻，也沒有一定的格調，字句長短都不拘，故名「自由」。今引下之琳氏的〈白石上〉為例：

去吧，到廢園去，
我一方白石，
不管從前作什麼用的，
坐坐吧，坐下來

送夕陽下山，
一邊聽嘵舌的白楊
告訴你舊事。
他也許告訴你
說從前有個人兒，
近黃昏，尤其在秋天，
常到這裡來
倚在欄干上
（你身傍從前有欄干）
對夕陽低泣，
掩著兩朵萎黃的紅玫瑰；

說不久她埋到這裡了，
可是若叫他指點給你看
是哪一坯黃土呢，
恕他老眼昏花了，

而且衰草已經藏去了
遊人探訪的足跡，
像遲暮的女子藏去了
繡花的腰帶。

他也許還要說。
如果這方白石
早就躺在這裡了，
你也許認得出
她的淚痕呢。

你細看白石，
祇見長滿了青苔，
彷彿半夜裡
被秋風驚醒了
起來

用顫抖的手兒
揉揉酸溜溜的倦眼
在搖搖的燭影裡
從箱子底深處
撿起來
多少年不忍想起的
一方素絹，
祇見濺滿了霉斑，
沒有什麼。

你撫摩它，
白石涼極了，
令你想起
從燈紅酒綠中
飄來的醉臉
不知在哪一條荒街上

淋到了冷雨。

不是雨，是風，
起來了，可是很輕，
祇能比嘆息，
你不妨再坐一會兒
在白石上，
聽淺湖底蘆葦
（也白頭了）
告訴你舊事
（近事吧）
一邊看遠山
漸漸地溶進黃昏去……

（《三秋草》第四十四頁）

第二期的詩人，都講究格律，所以很少人寫自由詩。自由詩在第三期最流行，容在後面敘說。

此外如跨句（Over Flow Lines）以及各種押韻法，都被引用過，留著在下面隨時敘述吧！

第二節　第二期的詩人

1、徐志摩

徐氏生於一八九九年，浙江峽石人，他原名章垿，字幼申。志摩是他自己後來起的名字，他是北京大學畢業生。曾遊學歐美各國，他本來學的是經濟，但是因為性近文學，便把一生的精神，用在詩歌與散文上面。他是一個有天才的人，又能把西洋詩歌的長處，引入詩中，因為他的詩寫得十分成功。一九二二年回國，曾任北京，清華，平民等大學的教授。一九二四年印度詩人泰戈爾來華，徐氏招待他，又伴著他遊歷各處。後又任南京、中央、大夏、光華等大學的教授。一九二五年《北平晨報》出版的《詩刊》和一九三一年新月書店出版的《詩刊》，徐氏都是主編人。單這一點兒，他的貢獻，便比別人大。他是一個廣交遊的人，所以男女朋友很多，夫人為陸小曼女士，一九三一年十一月十九日上午八時，徐氏乘濟南號飛機北上，不幸飛機觸開山而碎裂，他便被火燒死。這真是一件慘痛的事。他的朋友們哀傷異常，都寫詩文哀悼他。《北平晨報》、《新月月刊》、《詩刊》，都為他出特刊誌哀。徐氏著有《巴黎的鱗爪》、《自剖》、

《落葉》、《秋》（以上係散文集），《輪盤》（短篇小說集），譯有《渦提孩》、《曼殊斐兒小說集》……等。

胡適之先生說：

「志摩今年在他的猛虎集自序裡，曾說他的心境是『一個曾經有單純信仰的，流入懷疑的頹廢。』這句話是他最好的序述。他的人生觀真是一種『單純信仰，』這裡面只有三個大字：一個是愛，一個是自由，一個是美。他夢想這三個理想的條件，能夠會合在一個人生裡，這是他的『單純信仰』，他的一生的歷史，只是他追求這個單純信仰的實現的歷史。」

（見《北晨學園哀悼志摩專刊》，或《新月月刊》）

胡氏這幾句話，是對於徐氏極真切的分析。徐氏是一個有「單純信仰」的人。而他一生追求的，也正是「美」、「自由」、和「愛」。而且他的詩裡，也無時不表現著「美」、「自由」、和「愛」。愛讀徐氏的詩的人，大概都體會得出這一點的。

他一共出版四部詩集：即《志摩的詩》、《翡冷翠的一夜》、《猛虎集》和《雲遊》。就量和質的兩方面來說，徐氏的功績，都可說是不小。今日的詩人，很少有抵得過他的。四部詩集裡，很可以看出徐氏藝術的進步和思想的改變。

一九二八年出版的《志摩的詩》。這是徐氏的第一部詩集。裡面都是很輕快的調子，裝著活潑的感情。如《雪花的快樂》：

假如我是一朵雪花，
翩翩的在半空裡瀟灑
我一定認清我的方向——
飛颺，飛颺，飛颺，——
這地面上有我的方向。

不去那冷寞的幽谷，
不去那淒清的山麓，
也不上荒街去惆悵——
飛颺，飛颺，飛颺——
你看我有我的方向！

在半空裡娟娟的飛舞，

認明了那清幽的住處，
　等著她來花園裡探望——
　飛颺，飛颺，飛颺——
啊，她身上有硃砂梅的清香！

那時我憑藉著我的身輕
盈盈的沾住了她的衣襟，
　貼近她柔波似的心胸——
　消溶，消溶，消溶，——
溶入了她柔波似的心胸！

（《志摩的詩》第一頁）

這是作者用愉快的心地，寫了一首流利的詩。又如〈沙揚娜拉〉、〈落葉小唱〉、〈我有一個戀愛〉、〈難得鄉村裡的音籟〉、〈她是睡著了〉、〈殘詩〉等都是佳作。他對於那些貧苦的人民的同情心，在詩裡也常可以找到。如〈叫化活該〉、〈先生先生〉、〈誰知道〉、〈蓋上幾張油紙〉等都是。

在寫這些詩時，作者的心情是充滿希望的，同時也是異常天真的。他自己也說：

「我的第一集詩——《志摩的詩》——是我十一年回國後兩年內寫的，在這集子的初期的洶湧性雖已消滅，但大部分還是情感的，無關的泛濫，什麼詩的藝術和技巧都談不到。」

（《猛虎集》序文第八頁）

一九二七年出版《翡冷翠的一夜》。這裡都是徐氏和小曼女士結婚前後的作品，所以他寫的多半是美、多半是愛。如〈望月〉：

月：我隔著窗紗，在黑暗中，
望她從巉巖的山肩掙起——
一輪惺忪的，不整的光華：
像一個處女懷抱著貞潔，
驚惶的，掙出強暴的爪牙；

這使我想起你，我愛，當初

也曾在惡運的利齒間捱！
但如今正是藍天裡明月，
你已升起在幸福的前峰，
灑光輝照亮地面的坎坷！

（《翡冷翠的一夜》第四十頁）

其他如〈翡冷翠的一夜〉、〈呻吟〉、〈偶然〉、〈天神似的英雄〉、〈罪與罰〉，都很完美。其中格調最完美的，當推〈海韻〉。音調與意境並優。

我們最好再看一段他自己的話：

「我的第二集詩——《翡冷翠的一夜》——可以說是我的生活上的，又一個較大的波折的留痕。我把詩稿送給一多看，他回信說『這比《志摩的詩》確乎是進步了——一個絕大的進步。』他的好話，我是最願聽的，但我在詩的技巧方面，還是那樣生生的，絲毫沒有把握。」

（《猛虎集》序文第九頁）

一九三一年出版《猛虎集》。這是徐氏幾年來，感到生活的平凡和枯窘時寫的詩。技巧的確是較之前二集圓熟多了，而情調也確乎是感傷多了。他自己對於他那「單純的信仰」，也流入於懷疑的頹廢。他自己是那麼沉痛地在說：「你們不能更多的責備，我覺得我已是滿頭的血水，能不低頭已算是好的。」我們且看他現在唱的是什麼吧！今引〈生活〉於下：

陰沉黑暗毒蛇似的蜿蜒，
生活逼成了一條甬道；
一度陷入你祇可向前，
手捫索著冷壁的黏潮，

在妖魔的臟腑內掙扎，
頭頂不見一線的天光，
這魂魄在恐怖的壓迫下，
除了消滅更有什麼願望？

（《猛虎集》第九十頁）

一個有「單純信仰」的詩人，感到他的信仰失敗，生活逼成了一條甬道。這使得他那明快的情感，趨於哀傷。這是很明顯的事實。又如〈我不知道風是在那一個方向吹〉：

我不知道風
是在那一個方向吹——
我是在夢中，
在夢的輕波裡依洄。

我不知道風
是在那一個方向吹——
我是在夢中，
她的溫存，我的迷醉。

我不知道風
是在那一個方向吹——
我是在夢中，
甜美是夢裡的光輝。

我不知道風
是在那一個方向吹——
我是在夢中，
她的負心我的傷悲。

我不知道風
是在那一個方向吹——
我是在夢中，
在夢的悲哀裡心碎

我不知道風
是在那一個方向吹——
我是在夢中
黯淡是夢裡的光輝！

（《猛虎集》第一〇三頁）

徐氏的生活，是由甜蜜而轉入了黯淡。讀了這首詩，使我們感到他的筆調是幽怨而委婉。又如〈我等候你〉、〈闊的海〉、〈秋蟲〉、〈怨得〉、〈兩個月亮〉等，都是在這同一情況下寫的詩。可是要講「技巧」，只有《猛虎集》的詩，為最好，如〈山中〉、〈再別康橋〉、〈車眺〉、〈黃鸝〉，……可說是筆調最靈活的詩歌。

一九三二年出版的《雲遊》，是徐氏死後由邵洵美、陳夢家諸位，整理而刊行的。這裡面沒有什麼特殊的佳作。只有〈火車擒住軌〉，是一首音調鏗鏘，文句緊湊的好詩，〈愛的靈感〉也不錯。別的都可以不必提了。

徐氏的詩大概都說過了。總括一句說：徐氏的詩，詞藻是華美的，文句是流動的。他在詩壇上是一個最肯努力的人，也是最有成就的人。他生前對於新詩，總是處於領導地位。他死後，他自有他在詩史上不朽的地位。我們在此祝他詩魂永安吧！

2、聞一多

聞氏生於一八九八年，湖北蘄水縣人，畢業於清華大學，曾留學美國。回國後，曾任武漢大學文學院院長，青島大學文學院院長。又任清華大學教授，主講「楚辭」、「杜甫詩」、「詩經」等課。聞氏對這幾門功課，都有新穎的見解。為學生所歡迎。著有《冬夜草兒的評論》、《紅燭》、《死水》等。

聞氏是和徐志摩齊名的詩人。他不僅寫詩，而且善於論詩。他首倡寫詩應有格律，接著便是許多人們起來試驗，寫有格律的詩。同樣聞氏對於戲劇和美術都有深切的研究與愛好。鑑賞名畫、導演戲劇，都是他的特長。他是一個很有風趣的人，對於青年人，他常常是予以誠懇的指導，因此在學校裡最得學生們的愛戴。胡適之、余上沅、梁實秋諸先生，都是他的好友。

《紅燭》和《死水》是聞氏的創作詩集。《紅燭》是他的早年作品，沒有什麼可論的。《死水》出版於一九二八年，這是我國詩壇上不可多得的詩集。沈從文氏說得最好：

「《死水》一集在文字和組織上，所達到的純粹處……而另外重新為中國建立一種新詩，完整風格的成就處，實較之國內任何詩人皆多。《死水》不是熱鬧的詩，那是當然的，過去不能使讀者的心動搖，未來也將這樣永存。然而這是近年來一本標準詩歌，在體裁方面，在文學方面，《死水》的影響，不是讀者，當是作者。由於《死水》風格，所暗示現代國內作者，向那風格努力的，已經很多了。在將來某一時節，詩歌的興味有所轉向，使讀者以詩為『人生與自然的另一解釋』文字，使詩效率在『給讀者學成安詳的領會人生』，使詩的真價值在『由於詩所啟示於人的智慧與性靈』，則《死水》當成為一本更不能使人忘記的詩。」

（《新月》第三卷第二號〈論聞一多的死水〉第三頁）

《死水》是一本標準的詩歌，我也是這麼覺得的。我們且引〈死水〉於下：

這是一溝絕望的死水，
清風吹不起半點漪淪。
不如多扔些破銅爛鐵，
爽性潑你的剩菜殘羹。

也許銅的要綠成翡翠，
鐵罐上銹出幾瓣桃花；
再讓油膩織一層羅綺，
黴菌給他蒸出些雲霞。

讓死水酵成一溝綠酒，
飄滿了珍珠似的白沫；
小珠笑一聲變成大珠，
又被偷酒的花紋皺破。

那麼一溝絕望的死水
也就誇得上幾分鮮明。
如果青蛙耐不住寂寞，
又算死水叫出了歌聲。

這是一溝絕望的死水，
這裡斷不是美的所在，
不如讓給醜惡來開墾，
看他造出個什麼世界。

（《死水》第三十九頁）

這裡我們可以看出，聞氏的文詞是多麼精鍊，想像是多麼別緻。又因為他是一位畫家，所以我們可以說他是用畫畫的手腕來寫詩，於是這些詩的色彩，特別美麗，而〈也許〉、〈荒村〉裡的色彩是同樣的妙。這一點，便是別人及不上聞先生的。又如〈你指著太陽起誓〉、〈大鼓師〉、〈你莫怨我〉、〈忘掉她〉、〈夜歌〉、〈一個觀念〉等，都有一個美妙的筆調。〈天安門〉和〈飛毛腿〉，是用純粹北平的土話寫的詩。今引〈飛毛腿〉於下：

我說飛毛腿那小子也真夠彆扭，
管保是拉了半天車得半天歇著，
一天少了說也得二三兩白干兒，
醉醺醺的一死兒拉著人談天兒。
他媽的誰能陪著那一小子混呢？
『天為啥是藍的？』沒事他該問你。
還吹他媽什麼簫，你瞧那副神兒，
窩著件破棉袄，老婆的也沒準兒，
再瞧他擦著那車上的兩大燈罷。
擦著擦著問你曹操有多少人馬。
成天兒車燈車把且擦且不完啦，
我說『飛毛腿你怎麼不擦擦臉啦？』
可是飛毛腿的車擦得真夠亮的！
許是得擦到和他那心地一樣的！
嗐那天河裡飄著是飛毛腿的屍首，……

飛毛腿那老婆死得太不是時候。

（《死水》第八十三頁）

在嚴整的格律下，聞氏竟寫了這麼活潑的口語。我們讀了這十六行詩之後，覺得真見了「飛毛腿」這人似的。他是一位善於帶著鍊子跳舞的人，而他跳起來比誰都活潑，比誰都巧妙，聞氏真稱得起是一位「有魄力的作家。」

3、朱湘

朱氏字子沅，生於一九〇三年，安徽太湖縣人，清華大學畢業生。曾留學美國，回國後曾任安徽大學外國文學系主任。朱氏是一個性情孤高的詩人。他不善於應世，同時他也不願去改變了自己的個性來應世。在人生的旅途上，他常常感到了許多的坎坷。生活的貧困，朋友的冷落，使得他生了厭世之念。在一九三二年秋天，報上登載著朱氏投河的消息，人們才知道他是死了。他死了沒有人注意，很少人哀悼，其實他的詩寫得很精細，很纖巧，儘管人們不在意他，或譏笑他，他在詩壇上面的這一份功績，是永遠不滅的。

朱氏著有《夏天》、《草莽集》、《石門集》、《中書集》、《路曼尼亞民歌一班》、《文學閒談》、《永言集》等。

《夏天》、《草莽集》、《石門集》、《永言集》，都是他的詩集。《夏天》是一九二五年出版的。這是他初期的作品，音樂，詞藻都不見精。《草莽集》的〈搖籃歌〉、〈昭君出塞〉、〈彈三弦的瞎子〉、〈當鋪〉，都是別具風格的好詩。最著名的要算他那兩首長詩，即〈貓誥〉和〈王嬙〉。這是中國新詩史上僅見的敘事長詩，《石門集》裡商籟體最多，今引一例於下：

或者要汙泥才開得出花；
或者要糞土才種得成菜；
或者孔雀、車輪蝶與斑馬
離不了瘴癘滃然的熱帶；
或者泰山必得包藏凶惡；
或者並非純潔的那瀑布；
或者那變化萬千的日落
便沒有如其並沒有塵土；
或者沒有獸慾便沒有人；
或者由原始人所住的洞，
如其沒有痛苦饑餓寒冷，

便沒有文化針刺入天空……
或者，世上如其沒有折磨
詩人便唱不出他的新歌。

（《石門集》第一〇一頁）

朱氏是寫商籟體寫得最工整的人。不過朱氏作品稍有缺點，即是缺乏力量。

4、孫大雨

孫氏生於一九〇五年，江蘇上海人。他在清華大學畢業後，便去美國求學。回國後，曾任國立武漢、北京、山東、浙江……等大學教授。現任暨南大學教授，著作散見各雜誌。

孫氏寫詩極認真。每一行詩，甚至於每一個字，都是經他細心斟酌之後才寫下的。所以每一首詩中，都有獨特的意境和詞藻。他的作品並不多，可是不能因為作品不多，便忽略了他在詩壇上的地位。今舉〈海上歌〉作代表：

我要到海上去，
哈哈！

我要看海上的破黎。
　破黎張著一頂嫩青篷；
　太陽出在篷東，
月亮落在篷西，
點點滴滴的大星兒漸漸消翳。

我要到海上去，
　哈哈！
我要看海上的風波。
　浪頭好比千萬座高山；
　大山是一聲喊，
小山是一陣歌，
山坳裡不時浮出幾隻海天鵝。

我要到海上去，
　哈哈！
我要游水底的宮庭，

龍王生滿一身的毛髮，
　紗魚披著銀甲，
星魚銜著銀燈，
響螺同海蚌在石窟底下吹笙。

我要到海上去，
　哈哈！
我要去會海上的神仙。
　神仙不知道住在何方：
　好像是在海上，
好像是在天邊——
我尋了許久尋到虛無縹緲間。

（《新月》第一卷第七期）

作者在這首詩裡，表現出了他那奇美的想像與豪放的歌調，使我們讀了之後，覺得自己也是在日光燦爛的海上了。這不過是孫氏的短歌。最著名的要算他那首未完成的長詩——〈自己的寫照〉。這裡顯示出作者偉大的氣魄與深厚的情感。今暫引第一、二段，來看看他的作風如何！

森嚴的秩序，紊亂的浮囂，
今天一早起街頂上的雲色
呈著鴿桃灰，滿街人臉上
有一抹不可思議的深藍。
我說你這大都會呵，大都會！
太陽在雲堆裡往覆地爬，
那是進了個不漏光的大袋
你起了這無數巨石壓巨石，
又寂寞又駭人的建築的重山，
外山圍著內山，外山外
再圍上一層連天的屏障；——
我說你這叢山似的大都會呵！
兩山間，三山間，千山萬山間，
你不給那川流不息的輪軸們

去休勞，也不讓它們去睡，
一清早，就有百萬個樹膠
輪子輾著筆直的街市，
晚上依舊那雄渾的隧道車
咬緊了鐵軌的通宵歌唱：——
元氣浩浩的大都會呵！你的鎮靜
和你要鎮也鎮不住的騷擾，
正和我胸肺間志願的莊嚴
和情緒的莽蒼一般模樣。

要說痛苦我是全紐約
居民痛苦的精華：我收聚
猶太、波蘭、意大利底移民
黑人和黃帝子孫每一絲
毛髮和每一根血管裡的悲傷，
凝成兩朵閃青的電火

在胸膛外同時荼毒。
說起快樂來，法蘭西贈與
此邦的自由神銅像，此刻
站在港口的晨曦裡，還不抵
我的胸襟開朗；那派克路
和赫貞江畔的豪富千家
做著百萬條黃金的好夢，
他們是贏得了黃金，輸給我
那齣夢裡的光華此外
所有那成萬的電匠機師
塔尖上的鐵工，隧道裡的車手，
洗滌全市中汗臭的支那人，
和螞蟻一般繁的打字女工——
她們打字機震動的總量
能轟坍紐約城任何那一座
高樓——我可以想像她們

眼見自己手創造的辛勞，
矗立在天光下磐石上，頃刻間
歡騰的愉快。

那密佈的電流
那可以繞地的明線，可以
通天的暗線，還有以太中
蕭鼓呀呀的電浪；它們
高嘔急唱中都帶著幾分
我的含混的志望。但是——
假如這無數千唱的歌喉
方能訴出我的情慾
和理想，什麼才能申序
清楚我的憤怒傲岸
和瘋痴似的我底大失望？
哦！我不知道。

（《詩刊》第一頁）

徐志摩先生說得最好：

「大雨的自己的寫照，是他的一首一千行長詩的一部，……這二百多行詩，我個人認為十年來（這是說自有新詩以來，）最精心結構的詩作。第一，他的概念先就闊大用整個紐約的城的風光形態來，托出一個現代人錯綜的意識。這需要的，不僅是情感的深厚與觀照的嚴密，雖則我們不曾見到全部，未能下精審的按語，但單看這起勢，作者的筆力的雄厚，與氣魄的蒼莽，已足使我們淺嚐者驚訝。我們熱誠的期望，他的全詩能早日完成，庶幾我們至少有一篇新詩，可以時常不汗顏的提到。」

（《詩刊》第一期第一頁）

5、梁宗岱

梁氏生於一九〇四年，廣東新會人。他自小便愛好文學，在少年時代，便寫作或翻譯詩歌，在《小說月報》上發表。梁氏曾去法國遊學，在巴黎大學專攻文學。他結交外國的文人、畫家、詩人很多，這使得他對於文學有了更深切的認識。他是法國當代大詩人保羅梵樂希（Paul Valely）先生的學生。因此他的思想頗受他的影響。一九三二年回國，曾任北京大學法文系主任。著有

《晚禱》、《詩與真》、譯有《水仙詞》、《一切的峰頂》等。

《晚禱》是梁氏少年時的詩集。這是第一期裡有地位的作品。因為敘述方便起見，便在這裡來了。

今引〈夜露〉於下：

當夜神嚴靜無聲的降臨，
把甘美的睡眠
賜給一切眾生的時候，
天披著一件光燦銀爍的雲衣，
把那珍珠一般的仙露
悄悄地向大地遍灑了。
於是靜慧的地母
在朝蘇的朝旭裡
開出許多嬌麗芬芳的花兒
朵朵向著天空致意。

（《晚禱》第五十四頁）

他對於新詩的意境、格調、音節，都有獨到的見地。如他對於詩的格律，有以下的見解：

「我從前是極端反對打破了舊鐐拷，又自製新鐐拷的，現在卻兩樣了。我想鐐拷也是一樁好事，（其實行文的規律與語法，又何嘗不是鐐拷），尤其是你自己願帶上，只要你能在鐐拷內自由活動。梵樂希詩翁曾對我說：「製作的時候，最好為你自己設立某種條件，這條件是足以使你每次擱筆後，無論作品的成敗，都自覺更堅強、更自信和更能自立的。這樣無論作品的外在命運如何，作家總不致於感到整個的失望。」我想起幼時聽到那些關於飛牆走壁的俠士底故事了，據說他們自小就把鐵鎖帶在腳上，由輕而重。這樣積年累月，一旦把鐵鎖解去，便身輕似燕了。——自然也有中途跌斷腳骨的，但是那些跌斷腳骨的人，即使不帶上鐵鎖，也不能飛牆走壁，是不是？所以我很贊成努力新詩的人，儘可以自製許多規律，把詩行截得整整齊齊，也好把韻腳列得像意大利或莎士比亞式底十四行詩也好；如果你願意還可以採用法文詩底陰陽韻底辦法。……」

（《詩與真》第四十頁）

他這種主張用整齊的格律寫詩，正和聞一多、徐志摩諸氏的意見相合。而且他是更詳細地論到了怎麼用字，怎麼用韻。

此外梁氏譯了許多西洋名詩。如歌德、波特萊爾、魏爾崙、尼采、梵樂希等人的作品，他都譯了不少。梁氏的文章極典麗、格律極嚴整。

6、陳夢家

陳氏為燕京大學研究院畢業生。著有《夢家詩集》、《鐵馬集》、《夢家詩存》。陳氏是一位有愛國熱忱的詩人。「一二八」戰役，曾親自投入十九路軍服務，寫〈在蘊藻濱的戰場上〉、〈一個兵的墓銘〉、〈老人〉、〈哀息〉等詩，均收入《鐵馬集》中。

《夢家詩集》是他的第一部詩集，出版於一九三一年。他的詩頗受徐志摩氏的影響，都是些輕快的調子。如〈雁子〉：

我愛秋天的雁子
　終夜不知疲倦；
（像是囑咐，像是答應）
一邊叫一邊飛遠。

從來不問他的歌
　留在那一片雲上？
祇唱過祇管飛揚，
黑的天輕的翅膀。

我情願是隻雁子，
　一切都使忘記——
當我提起，當我想起：
不是恨，不是歡喜。

（《夢家詩集》第六十七頁）

陳氏寫詩的好處，全運用形式的美麗，如〈那一晚〉、〈一朵野花〉、〈露之晨〉、〈燐火〉和〈寄萬里洞的親人〉，都是美而無疵的佳作。

《鐵馬集》是一九三四年出版的詩集。作者的手法顯然是進步了。而風格也趨向於多方面了。他用著不同的體裁，橫寫著不同的事物，他寫過自然的美景，他寫過戰場上的血痕，他也寫過浩浩的黃河。這裡告訴我們作者的前途是不可限量的。

今舉〈鐵馬的歌〉於下：

天晴，天陰，
輕的像浮雲，
隱逸在山林；
丁甯丁甯！

不祈禱風，
不祈禱山靈，
風吹時我動，
風停我停。

沒有憂愁，
也沒有歡欣；
我總是古舊
總是清新。

我是古廟
一個小風鈴，
太陽向我笑，
銹上了金。

也許有天
上帝叫我靜
我飛上雲邊
變一顆星

（《鐵馬集》第二十九頁）

又舉〈黃河謠〉於下：

浩浩的黃河不是從天上來的，
它是我們父親的田渠，母親的浣溪；

從噶達齊蘇老峰奔流到大海，
他是我們父親的田渠，母親的浣溪。
它在兩岸我們祖先的二十四個朝代，
它聽到我們父親的呼勞，母親的悲哀。

浩浩的黃河永遠不會止歇的，
它有我們父親的英勇，母親的仁慈，
奔泛如像火焰、靜流時像睡息，
它有我們父親的威嚴，母親的溫宜。
五千年來它這古代的聲音總在提問：
可忘了你們父親的雄心、母親的容忍？

（《鐵馬集》第九十五頁）

我們在這裡可以看出來，陳氏第一集的詩是美妙，而第二集的詩則美妙中，又加上了力量了。如〈我望著你來〉、〈藍莊十號〉、〈在前線四首〉、〈九龍壁〉、〈塞上雜詩〉等都是。陳氏是一位極有希望的詩人，我們祝他永遠努力。

7、曹葆華

曹氏是清華大學畢業生，現在清華大學研究院研究。著有《靈燄》、《寄詩魂》、《落日頌》等。

曹氏胸襟豪放，所以他的詩中充滿了江濤、黑夜、狂風、雷霆、紅日、地獄、醜惡等字句，與眾不同處，即在這一點上。

今舉〈落日頌〉於下：

如古代的雄主登坐九重寶鑾
你披著黃金的龍袍，踞坐在迢遠的
高山。靜聽清風如舞女般舞奏
仙樂。那蒼茫的海水像外番朝貢
在腳下揚起波瀾呵！太陽！
你請看那連天的草野，沿海的沙岸，
更飛翔著天鵝萬千，如盛世的黎民
在靜穆中慶祝萬彙相安
　　　　但是

我求你燦爛的神！要高登太空，
把下界赫然照管；切莫像愚昧的
庸主迷戀這黃昏的懷抱，讓黑夜
闖入這遼闊的塵寰，霎時間
鴟梟在空中閃翅，飢荒的鬼魂
在墳園裡吶喊。我悲慟的心又偷偷
哭泣，如末世衰老的窮人輾轉
溝壑，淒然歎息著暴君的凶殘。

（《落日頌》第八十九頁）

同時曹氏也寫了不少商籟體，如冤魂：

我踏著陰風衝出了地獄的圍牆；
走來這灰黯的世界，擎起火炬，
四處尋望。那裡關銷著白衣的
天使噙著清淚，在黑暗裡悲傷？

那裡踞坐著藍面的魔鬼，吃人
骨肉，血染了胸膛。呵我走遍了
慘暗的郊野，陰森的海洋；那摩天的
山嶺也曾昂然踏上，總瞪著
迷離的兩眼看不透四週的昏茫。
現在我要拔下頭顱，當作
末日的喇叭；扯破衣袍從手中
發出雷響。在天地震撼中，突然
使人類毀滅眾生消亡。我滿懷的
怨恨，放出那萬古不滅的紅光。

（《落日頌》第七十一頁）

對於曹氏的商籟體，我有一點意見。我以為既然要寫商籟體，就得按照商籟體的格式（無論是皮特拉克式或莎士比亞式）來寫。不能只把詩寫作十四行，便稱之為商籟體。我們應該按著規則用韻，要不這樣的話，又寫什麼商籟體呢？曹氏之商籟體，只是寫了十四行，而未按著格式用韻，似乎有點不合適。要寫商籟體還是應該像朱湘那樣，把韻押對了才好。

8、林徽音

林女士是建築家梁思成君的夫人，她曾遊學美國，對於戲劇藝術和文學，都有相當研究。她的詩在《新月》、《詩刊》上和《大公報》都可以看到。今舉〈山中一個夏夜〉於下

山中有一個夏夜，深得
像沒有底一樣；
黑影松林密密的；
周圍沒有點光亮。
　對山閃著只一盞燈──兩盞
像夜的眼，夜的眼在看！

滿山的風全躡著腳
像是走路一樣；
躲過了各處的枝葉
各處的草不響。

單是流水，不斷的在山谷上
石頭的心，石頭的口在唱。

均勻的一片靜，罩下
像張輭垂的幔帳。
疑問不見了，四角裡
模糊，是夢在窺探？
夜像在訴禱，無聲的在期待，
幽馥的虔誠在無聲裡佈漫。

（《新月》第四卷第七期）

又如〈蓮燈〉、〈中夜鐘聲〉（均見《新月》第四卷第六號）、〈一首桃花〉、〈深夜裡聽到琴聲〉（均見《詩刊》第三期），都是她的名作。

9、饒孟侃

饒氏為清華大學畢業生。現任河南大學教授。著有《子離的詩》。饒氏是《晨報詩刊》時代的健將，他是頭一個主張寫詩應注重音節的人。他的詩都有一個完整的規律，與徐志摩氏同屬一派。〈蓮娘〉、〈擣衣曲〉、〈天安門〉，都是《子離的詩》中的好詩。今舉〈嬾〉於下：

嬾的世界在暮春三月天：
桃花醉落了，接著是蠶眠，
杜鵑再不願啼他的心血，
呆笨鎖住了黃鶯的舌尖。
因此我也懵然忘了歲月，
像青峰上那忘年的積雪，
滿懷的壯志早僵成了冰，
眼前更沒有希望的宮闕；
祇剩一片凍雲似的因循，
在身前身後無味的氤氳，——
無奈拖他不動，揮它不去，
誰真要它來獻這份殷勤。
怪都祇怪自己流年不利，

趕明兒我一定爭這口氣。

（《學文月刊》第一期）

10、于賡虞

于氏在「五四」運動時即開始寫詩，現在仍不斷的努力。詩集有《晨曦之前》、《魔鬼的舞蹈》、《骷髏上的薔薇》、《落花夢》、《孤雲》、《世紀的臉》等。就量來說，于氏的作品是夠多的，就質來說，于氏是別成一格。他自己說：

「孤獨：在孤獨裡生活，在孤獨裡思索，撫摸著從社會碰來的滿頭血水，寫著自己的詩。」

（《世紀的臉》〈序語〉第四頁）

他的詩是在這樣一個情況之下寫下的。所以我們可以在他的詩裡，聽到詛咒、辱罵、狂歡、呻吟、巨海的狂嘯、嬰兒的哭聲。而我們看到的是病魔、蛆蟲、地獄、醜惡、鮮血骷髏……等。這都是其他詩人，不常吟咏的事物，而全作了于氏詩歌的主要成分。因此我說他是別有一格。今舉〈世紀的臉〉於下：

不必到鬚髮斑白時節，
我已看夠人世的浩劫。
從上帝登了他的寶座，
他就鑄下了一個大錯。

因他給人神思與魔慾，
所以就到處演著悲劇。
就從上帝造人的時候，
罪惡即已在人心狂吼。

他遺下一個神人耶穌，
帶著愛的光與人同住。
傳教於山巔新月之下，
終以鮮血染了十字架。

從那時上帝即以後悔，
覺著造人就成了累贅。
於是他收回人的神思，
將人臉上鑄了個苦字。

因此人就變成了瘋狂，
見骨山血流也不著慌。
一切好像是昇平世界，
罪惡緊抱著城市山野。

淫慾在少女髮上舞蹈，
老媼在深宵感到煩燥。
太陽化不了那股狂熱，
所以在罪惡之河奔涉。

有時雖對著明月歌唱，

但可想那是什麼惆悵。
倘把他獨自鎖在深山，
他就不在轉媚人之眼。

至於貪財好名的男人，
那罪惡更比山高海深。
在夢裡他還百般計算，
早已把羞辱擲到雲端。

倘能得女人金錢美酒，
他就再不向高處追求。
因此雖遍身血跡，在牢
獄裡，他還是滿臉微笑。

請瞧這人間玩的把戲，
聖人摟抱著美的妓女，

陰毒挺著臂遊於街市，
長蛇自由在神堂奔馳。

垃圾上偶然開朵鮮花，
蛆蟲就在那上面亂爬。
道德賣弄著虛偽的臉，
時而伸頭在人間雲端。

城市通宵有漫天紅光，
荒村白天也無人來住。
到處開著慶功的歡宴，
誰知人間有血渠骨山。

日月雖然在照常行走，
但卻是一點光彩不留。
人類不因此感到傷心，

飛鳥到日初仍舊歌吟。

可憐這筆下沒有神彩，
因為這不是神的世界。
投筆向窗外凝視雲天，
長天也只是黑暗一片。

（《世紀的臉》第七十四頁）

作者憤恨都市的罪惡，由此可見。

于氏說：

「因為尊重情思，所以寫時任它自由的流動；因為尊重藝術；所以修改時費盡了苦心，……我每次修改的時候，竭力使其字與字，句與句，節與節，成一整體的和諧，而於作成後，又常請人去讀，指出不調和的所在，再設法改正。」

（《世紀的臉》〈序語〉第十二頁）

于氏寫詩是用了這麼大的苦心。可是我覺于氏的詩歌，仍未至盡善盡美之處。正如于氏所說「雖然如此鄭重，仍難免不自然之病，這只有待以後的努力。」我們希望于氏以後多多的努力。

11、孫毓棠

孫氏為江蘇無錫人，清華大學畢業生，現在日本。著《夢鄉曲》、《海盜船》。

《夢鄉曲》是一首長詩，內容是說作者夢遊夢鄉，見著奇妙的景物與美麗的女后，並和女后同歌同舞，醒來才知道是一場美夢。詩中充滿芬芳與溫柔。今略舉於下。如：

啊！何處這一縷笛聲悠揚
順溪流傳來使我心神飄蕩，
像春雨滴滴，滴入碧水池塘。

我急步循著溪流，走，走，
轉瞬已到了溪流的盡頭，
仰望百丈飛瀑展開萬匹銀綢。

（《夢鄉曲》第十一頁）

又如：

呵！那腮邊，那腮邊是怎樣的紅潤，
那雙眼比午夜銀燈還要晶瑩！
那笑口那笑渦像梅瓣曉露含情。

啊！那一雙，那一雙溫潤的眉！
眉梢掃滿了醉人的春暉，
黑篷篷流瀑似的柔髮在兩肩低垂。

（《夢鄉曲》第二十六頁）

又如：

女郎們的足步愈舞愈急，
一個持花環長袖舞起了裙裾
花雨繽紛滿地，銀鴿也穿人叢飛起。

愈舞空中飛花愈亂，地下落花愈深，
轉瞬間各色花瓣已撲了我滿懷滿身；
樂聲戛止，花雨靜飄飄舞步驟停。

（《夢鄉曲》第三十頁）

這是我們新詩壇上僅見的一部長詩。又如〈海盜船〉：

今晚黑水洋上起了風暴，
聽，沉重的槳聲在浪裡敲！
滿天濃雲鎖成這黑的夜，
飆風緊掃著這瀰空的大雪，
挾著急雨，鵝卵大的冰雹，
拍怒了海上瘋癲了的波濤；
黑的浪山壓著黑的浪谷，
濕風噎著海不住的號哭。
蒙著迷濛的霧，模糊的一盞，

黝紅的燈，像隻老牛的眼，
在桅桿上直幌，向了天望，
狠狠地瞪著這夜的猖狂。
插入天的桅桿在波濤裡搖，
風鑽著帆篷屠殺似地號，
牆頭上兩三星明滅的火，
船頭一聲喊：「栓緊那篷舵！」
梭一樣的船身往浪谷裡衝，
崩裂的黑山直倒進船肱，
這大船在濤中像蘆葉子轉——
是，我們要的就是這樣天！
艙底五百名紫銅的水手，
赤了身像一群瘋狂的野牛，
鐵鍊鎖住腿，皮鞭鞭著背，
把千斤的槳往生命裡推。
甲板上一簇簇飛奔的人影，

頂著漆黑的浪和鹹的風；
幹！不用害怕，也用不著想，
拼著這兩臂鐵，一身的鋼！
艙裡的人們和海一樣狂，
滿腔的血閃動火紅的花——
接住赤裸的女人儘管舞，
有的是醇酒餵你的頭顱；
任意拋你的金寶和珠子，
明兒要不是生，總還有個死！
英雄！拔出刀子，爭你的自由，
不要為公平就低你的頭！
別怕今晚黑水洋的波濤，
這世界就永遠是個大風暴；
別想著生和死，幹！不用說！
看，這瘋的海狂的天正等著
你和我！

（《海盜船》第十五頁）

12、焦菊隱

焦氏為燕京大學畢業生。手創中華戲曲學校，成績極好。著有《夜哭》、《他鄉》，譯有《現代短劇譯叢》、《女店主》等。

《夜哭》與《他鄉》為焦氏的詩集。他是以寫散文詩見長的。今舉〈夜哭〉於下：

夜正淒涼，春雨一樣的寒顫，幽靜的小風，正吹著婦人哭子的哀調，送過河來，又帶過河去。

黑色孵為一流徐緩的小溪，和水裡影映著的慘淡的晚雲，與兩三微弱的燈火，星月都沉醉在雲後。

我亮不經意地踱過了震動欲折的板橋，黑、寒與哀怨，包圍著我如外衣一樣。

夜正淒涼，春雨一樣的寒顫，幽靜的小風，正吹著婦人哭子的哀調送過河來，又帶過河去。

我只能感覺這遠處吹來的夜哭聲，有多麼悲婉，多麼慘情。她內心思念牛乳樣甜而可愛的兒子，有多麼急切焦憂呢？這我可不能感覺了。我不能感覺因為黑，寒與哀怨，包圍我如外衣一樣。

夜正淒涼，夜裡的哭聲顫動了流水，潺潺地在低語，又好似痛泣。

（《夜哭》第三頁）

焦氏近來潛心研究戲劇，對於詩歌已擱筆了。

13、邵洵美

邵氏浙江餘姚人，曾遊學英國，愛好文學與藝術。詩集有《花一般的罪惡》。《詩二十五首》等。今引〈女人〉於下：

我敬重你，女人，我敬重你正像
我敬重一首唐人的小詩——
你用溫潤的平聲，乾脆的仄聲
來細縛住我的一句一字。

我疑心你，女人，我疑心你正像

我疑心一灣燦爛的天虹——
我不知道你的臉紅是為了我，
還是為了另外一個熱夢？

（《詩二十五首》）

這是邵氏詩中的一首好詩。其餘的詩不是咏酒。便是咏美，再不就是咏女人，沒有什麼特色。

以上所舉十三人，都是第二期的代表作家。此外還應提到的是：劉夢葦氏，著作散見《小說月報》與《晨報詩刊》。馮至著有《北游及其他》、《昨日之歌》。韋叢蕪著有《君山》、《冰塊》。孫蒸荃女士著有《生命的火焰》。陸晶清女士著有《低訴》。趙景深著有《荷花》。胡也頻著有《也頻詩選》。劉庭芳著有《山雨》。蔣光慈著有《戰鼓》、《新夢》、《鄉情集》。邵冠華著有《旅程》。虞琰女士著有《湖風》。曾今可著有《兩顆星》。以及方令儒女士、方瑋德（已故）、楊子惠（已故）、失大枏、蹇先艾、沈從文、羅慕華、沈祖牟、俞大綱、錢君匋（著有《水晶座》）、高長虹著有《獻給自然的女兒》。石民、何植三（著有《農家的草紫》）。錢杏邨……等，都是對於詩歌很努力的人。

第三節　第二期新詩略論

第二期的詩顯見得是比第一期進步了。這由兩方面可以看出來：第一是形式方面，即第二期的有了一個完整的形式，不像第一期那種隨筆揮來就是詩了。第二是內容方面，即第二期的詩歌內容不像第二期那麼幼稚了。那裡面所包括的比第一期進步得多。如徐志摩、聞一多諸人的作品，較之俞平伯、康白情諸人的詩歌，便深刻多了。這一期詩歌有兩大特點：

1. 就詩的外形說，這一期的詩都很成功。差不多每一首詩都有整齊的格律與韻腳，同時字數也是那麼劃一。這些詩都是有較流利的音調的，讀起來很好聽。這是第二期獨有的特點。不過它也有缺點，即是這種詩體難免湊字湊韻的毛病。作者往往著重形式而忽略了內容。所以有時我們看到一首形式很整齊的詩，而讀起來便覺其毫無意義。如朱湘、邵洵美諸人，都不免如此。他們的詩有些是只有外美，而無內美的。其實詩歌的內容是比形式重要得多，忽略了這一點，是不對的。詩的精神貴創造。詩人應依其特有之情調，而創適當的形式。模彷商籟體等等，都不是正當的出路。這正合胡適之先生說的，「要創造新的合於中文的詩的格調。」

2.就內容說，這一期的詩都是抒情之作，作者所詠都是些溫柔的閒情和好花、美女，其特點便是真。詩歌首重真實。在真實的作品中，才能看出作者的性靈來。第二期的詩，可說是新詩史上最光燦的時期。作者都是將自己內心的情感流露出來，不虛偽、不造作。徐志摩、林徽音諸氏，都具有這種長處。

總之，第二期的詩，在形式與音節方面都極講求，這給我們的新詩，打了一個很好的根基。

第四章　現在狀況（一九三二—現在）

第一節　新詩的演變

從一九三二年到現在不能劃出什麼時期來，只將概況略述一下。詩壇上唯一的刊物《詩刊》，自徐志摩死後，便無形停頓了。而第二期的格律嚴整的詩，也隨之而衰下去。代之而興的是象徵詩。

象徵詩來自西洋，現在已經流行全國。象徵詩的起來，一方面是由於第二期的詩的內容太平俗、格律太嚴緊，不足以發揮性靈與表現思想。另一方面是西洋象徵詩的介紹與翻譯。戴望舒、梁宗岱、施蟄存、卞之琳等人，都是對於這部工作，貢獻較多的人。象徵詩的根，早在李金髮的詩中埋下。而當時的人們對他不是不了解，便是不注意。直到一九三二年《現代雜誌》按期登載戴望舒、施蟄存、何其芳等人的詩，象徵詩才被人重視而興起。這時新詩又開了一個新方面。

顯著的事實是：這時候也有白韻詩，或商籟體的，不過不如象徵詩那麼多量的產生。同時有許多人是不了解象徵詩的。而這些寫象徵詩的人們呢？便說詩是有朦朧性的。詩的好處便在含蓄，便在暗示。所以象徵詩是在大眾的不了解下流行著。究竟它的前途如何，我們現在尚不能推測的。

現在詩的刊物是較前多了。可是沒有一個可以抵得上《詩刊》的。

1.《詩篇》：這是一個登載創作及翻譯的詩兼論詩的文章的日刊。由朱維基主編。已停。

2.《詩歌月報》：這是一個純詩刊物，由《詩歌月報》社主編。執筆者有趙景深、林庚、陸印全、錢歌川、錢君匋等。已停。

3.《大風詩刊》：這是一個月刊，由中國學院大風詩社主編。已停。

4.《北平晨報》《詩與批評》：這是《晨報》的副刊，每月出二張，由曹葆華主編。已停。

5.《京報》《詩劇文》：這是《京報》的副刊，關於詩劇文方面的作品都登，由俞竹舟主編。

這些刊物，編得都不精采。其中以《詩歌月報》與《詩與批評》為較好的。其他如《文學》、《人間世》、《水星》、《文學季刊》，都時常刊登當代詩人的詩。在這裡我希望愛好詩歌的人們，起來辦一個較為精采的詩刊，因為這是我們現在很需要的東西。

第二節　現代詩人

1、李金髮

李氏是法國留學生，是一位國內聞名的雕刻家，他很早就寫詩了，可是他現在才有影響。他的詩是對於當代有相當的貢獻的。他是我國頭一個寫象徵詩的人。詩集有《微雨》、《為幸福而歌》、《食客與兇年》等。今舉李氏近作《時之轇轕》於下：

孟浪之秋
脫去夏盛之青衣
彩雲在天外
依柱而笑，
太陽跨步往來，
無所見，

只夜候溫微的黑影，
刺穿春之忠實者之心。
大地感到孤寂，
在人唱婚禮歌之頃，
運用了安慰萬物
之慈愛心，
但見失去幼子者
抱頭長嘆。

（《人間世》第十六期第三十九頁）

2、戴望舒

戴氏為法國留學生，對於法國的象徵詩，特別愛好。著有詩集《望舒草》，這書出版於一九三三年八月，詩前有杜衡氏為序，詩後有戴氏的〈論詩短札〉。今舉〈對於天的懷鄉病〉於下：

懷鄉病，懷鄉病，

這或許是一切
有一張有些憂鬱的臉，
一顆悲哀的心，
而且老是緘默著，
還抽著一支煙斗的
人們的生涯吧。

懷鄉病，哦，我啊，
我也許是這類人之一，
我呢，我渴望著回返
到那個天，到那個如此青的天，
在那裡我可以生活又死滅，
像在母親的懷裡，
一個孩子笑著和哭著一樣。

我啊！我真是一個懷鄉病者：

對於天的，對於那如此青的天的；
在那裡我可以安安地睡著，
沒有半邊頭風，沒有不眠之夜，
沒有心的一切的煩惱，
這心，牠，已不是屬於我的，
而有人已把牠拋棄了
像人們拋棄了舃一樣。

（《望舒草》）

又如〈秋天的夢〉：

迢遙的牧女的羊鈴
搖落了輕的樹葉。

秋天的夢是輕的
那是窈窕的牧女之戀。

於是我的夢是靜靜地來了，
但卻載著沉重的昔日。
唔，現在我是有一些寒冷，
一些寒冷和一些憂鬱。
（《望舒草》第四十九頁）

戴氏說：

情緒不是用攝影機攝出來的，它應當用巧妙的筆觸描出來的。這種筆觸又須是活的，千變萬化的。

（《望舒草》）

所以我們由此可以知道，戴氏的詩都是用巧妙的筆觸描寫出來的。這種千變萬化的句子最宜讀者自己去領會。

3、卞之琳

卞氏為北京大學英文系畢業生。著有《三秋草》、《魚目集》、《漢園集》。卞氏是一位較為成功的詩人。他的詩寫得非常清新、文筆也極淡雅。今舉〈一塊破船片〉於下：

潮來了浪花捧給她
一塊破船片。
　　　不說話，
她又在崖石上坐定，
讓夕陽把她底髮影
描上破船片。
　　　她許久
才又望大海的盡頭，
不見了剛才的白帆。
潮退了，她只好送還

破船片
給大海漂去。

（《三秋草》第四十一頁）

此外如〈工作底微笑〉、〈小別〉、〈過節〉、〈朋友和煙捲〉、〈路過居〉，都是樸實的詩。

4、臧克家

臧氏為國立山東大學畢業生。著有《烙印》和《罪惡的黑手》。

他是一位在詩壇上得到喝采最多的人。說實話臧氏的詩是極有意義，極有價值的。他寫的不是象徵詩，他的詩裡也沒有什麼美女，紅花……等。他詠的是現代的生活與現代的精神，確是一位今日不可多得的詩人。今引〈烙印〉於下：

生怕回頭向過去望，
我生猾的說「人生是個謊」，
痛苦在我身上打個印烙，
刻刻警醒著我這是在生活。

我不住的撫摸這印烙
忽然紅光上灼起了毒火，
火花裡迸出一串歌聲，
件件唱著生命的不幸。

我從不把悲痛向人訴說，
我知道那是一個罪過，
渾沌的活著什麼也不覺，
既然是謎就不該把底點破。

我嚼著苦汁營生，
像一條吃巴豆的蟲，
把個心提在半空，
連呼吸都覺得沉重

（《烙印》第十四頁）

臧氏說「我已經下了最大的決心，最近將來就要下工夫寫長一點的敘事詩，好像敘事詩在我國還很少見，應該有人向這方面努力。」（《罪惡的黑手》序）。我們希望臧氏在這方面多努力，將來也許有更大的成就。

5、林庚

林氏為清華大學畢業生，現在北平大學女子學院教書。詩集有《夜》、《春野與窗》和《北平情報》三種。《夜》，是屬於第一期的作品。《春野與窗》的作品與《夜》便大不相同。《春野與窗》中，多象徵詩。今引〈散文詩〉於下：

甘草味的散文詩，
散在秋原的氣氛中的，
昨夜甜蜜的富於顏色性的夢
煊染了那已忘掉的事情了
已忘掉的事情有著不同的苦樂
而昨夜是笑且又流淚了嗎

在一個多憶的枕畔那是一件禮物
多麼多情的一回溫柔的情誼啊
為了那富於顏色性的
秋深我曾寫過無數行的詩嗎
是為了在這枕畔有著無數的相思草呢
我已忘掉的事情而且是如此之多啊
但染了那散文詩的甘草味

（《春野與窗》）

林氏的詩深奧而不易懂，也許太含蓄了的緣故。這種非得有特殊天才的人，才能了解。像我就有點不大了解這詩；所以也不敢妄加批評。不過我也細看了這本詩集，我覺得作者生活經驗太不豐富，生活範圍也太狹小；所以沒有什麼特殊的佳作。林氏不妨在社會多得一點生活經驗，再作詩，那樣一定會有較好的成績。

6、何其芳

何氏為北京大學哲學系畢業生。他善寫散文和新詩。著散文集《畫夢錄》。詩集《漢園集》

與卞之琳、李廣田合著。今引〈砌蟲〉於下，以窺其作風：

聽冷砌間草在顫抖，
聽是白露滾在苔上輕碎，
垂老的豪俠子徹夜無眠，
空憶碗邊的骰子聲，
與歌時擊缺的玉唾壺。

是啊，我是南冠的楚囚
慣作楚吟：一葉落而天下秋。
撐起我的風帆，我的翅，
穿過日光穿過細雨霧，
去煙波問追水鳥的陶醉。

但何處是我浩蕩的大江，
浩蕩空想銀河落自天上？
不敢開門看滿院的霜月，

更怯於破曉的雞啼
一夜的蟲聲使我頭白。

（《水星》第一卷第一期）

何氏的詩和他的散文一樣，都是寫得那麼纖細，值得我們仔細去領會。

7、馮廢名

馮氏為當代散文家。曾畢業於北京大學，現任北大講師。著有《竹林的故事》、《桃園》和《橋》等。馮氏近來發表詩歌很多，可是還沒有印成專集。今引花盆於下：

池塘生春草，
池上一棵樹，
樹言，
「我以前是一顆種子」。
草言，
「我們都是一個生命」。

植樹的人走了來，
看樹道，
「我的樹真長得高，——
我不知道那裡將是我的墓？」
他彷彿將一缽花端進去。

（《水星》第一卷第二期）

馮氏的詩是耐人深思的。最好是聽馮氏把自己的作品解釋一遍，那樣我們可以更多的了解一點。

8、李廣田

李氏為北京大學英文系畢業生。又名曦晨。他的詩散見各雜誌與報紙上。今引在《晨報》上登載過的〈殘句〉於下：

（一）夢雨

還記得檐溜丁東

階前草濕夢中雨
可不是綠影滿窗嗎
夢醒間
冬天的早晨
太輕柔的是這情景
剎那頃失去一生了

（二）紅板橋

初春的黃昏
溟溟雨
紅板橋濕得寂寞
一個人獨自
行行又停了
是待送誰歸去呢
送誰遠遊
永不停留的是橋下水
行默默

除以上八人之外，還有徐訏、施蟄存、李健吾、李長之（著有《夜宴》）、杜衡、陸印全（著有《柔夢帖》）、蒲風（著有《茫茫夜》）、羅念生、陳江、鷗外鷗、李心若、杜南星、金克木、蓬子、王統照……等，都是今日詩壇上努力的人物。

第三節　中國新詩的展望

二十年的新詩的情況，已大略說過。第一期的詩，是在打倒舊的創設新的。第二期的詩，是在求一個完整的格律。現在的詩壇是在試用著更自由的格式和更豐美的辭藻。究竟我們新詩應該走怎麼一條路呢？我對於新詩的前途，有五點要說：

1. 我以為新詩應該有一個自由的形式和自然的韻律。字數劃一的詩，看起來固然好看了，可是這也不免太束縛人的思想了。我認為詩的內容和形式是不能分的。有一種內容便有一種形體產生出來的詩。詩的形體是依內容而變的。有了特殊的內容則特殊的形體自然造成。所以商籟體什麼的，總不該是我們今代詩人，守著不放的規則。我們應該有自由的形體，裝自由的內容。韻律是詩歌必具的條件，可是也應該隨著自由的形體，構成自然的韻律。一定去湊拍是要不得的。

2. 新詩應以感情為主。詩歌的唯一要件便是感情。脫離了感情，必不能成為好詩。近代詩人寫象徵詩或農村生活的詩，前者是在打算怎麼加幾個綺麗的字進去，後者是在打算怎麼表示一種意識。這都是沒有真感情的詩。一個詩人要丟開感情不顧，而去寫詩是不會成功的。須知感情是詩的生命，一切詩的出發點，都在感情。

3. 一個詩人應該有豐富的生活經驗，而且應該多讀書。詩人是一個社會裡的人，所以應該對於社會用心地觀察，充分的了解。人生是複雜的，假使我們不考察社會，不閱讀書籍，那麼寫出來的詩，一定渺小，一定淺薄。我們不要在拾柴女、當爐女的題目下，隨便寫詩。我們應仔細看看，拾柴女、當爐女的生活怎麼樣，再下筆。看見一個美女，或思念一個美女，也別隨便寫詩。我們應該體會一下，愛到底是什麼？再說，要有深刻的作品出現，就非得先讀書觀察和用思想。

4. 我不主張死勁兒地模彷西洋詩。可是我們需要多讀西洋詩，多介紹西洋詩。這樣可以作我們一個參考。介紹西洋詩歌的理論，與翻譯西洋的詩歌，是當今第一要務。我們並不是要模彷它，可是我們可以用以參考，而創出新的作品來。對於國內古代舊作，也應注意。前人的缺點，我們要拋開，前人的優點，我們盡量採納。這對新詩是有益的。

5. 詩人應有偉大而獨立的人格。詩是表現人類最真的情感的，詩人應以自己的生命最忠實地寫在紙上，不應趨時髦。詩的精神貴創造，自己能寫什麼詩，就寫什麼詩。第一，不要矯揉造作，第二，不要因為流行什麼詩，便寫什麼詩。第三，不要照著一些批評家的話，來寫詩。我們寫詩不一定要人來喝采，最要緊的是能獨立地表現出自己的人格。

我覺得新詩尚沒有到什麼成功的地步。二十年的工夫，不過剛把新詩的芽培了起來。要它開什麼花、結什麼果，都得我們共同去努力。

附錄

兒歌的唱法

徐芳

我們研究歌謠，第一要緊的是要會唱。假使我們有了歌謠，唱不出來，或者唱的不對，那就把歌謠的美點全失了。情歌是情人們唱的歌，秧歌是農人們唱的歌，採茶歌是採茶的男女們唱的歌。這些歌全不是我們這些不懂唱的人能領會的。他們都有他們的唱法。他們雖然沒有什麼音樂伴奏，可是他們那天真而自然的歌聲，也許要比什麼音樂會裡的奏演，有趣得多。兒歌也是如此。小孩子們無知無識，整天在哼哼唱唱裡面過活。他們一面唱，一面擺動自己的手腳，那甜脆的聲音，那活潑的樣子，真是最可愛的了。我們都是當過小孩子的。雖然小時唱的歌兒不多；可是多少還留一點影子在腦裡。我願寫下唱歌時的情況，來敘說兒歌的唱法。

普通分兒歌為兩大類：一為母歌，一為兒歌。母歌是母親哄孩子的時候，唱給孩子聽的。兒歌是孩子自己唱的。就唱的方面說，兒歌又可分為三種：一是獨唱的，一是對唱的，一是合唱的。今列表如下：

兒歌
- 母歌
- 兒歌
  - 1. 獨唱的
  - 2. 對唱的
  - 3. 合唱的

孩童不會說話的時候，都是由母親或奶媽唱歌給他們聽。這些歌都是簡短的，易懂的。如：

「貓來啦！虎來啦！來咬××（呼小兒的名字）。手來啦！嗷！嗷！睡吧！」

這是母親拍著孩子睡時唱的。這幾句雖然很短，可是她們總是反覆著唱。孩子也就慢慢地睡了。又如：

「小孩兒睡，蓋狗被，狗被有虼蚤，咬的小孩兒亂哆嗦。」

小孩在母親懷裡的時候，母親一面唱，一面把孩子在手裡抖抖。這時她並不是希望孩子睡。

這是她對孩子親愛的表現。當她唱到『咬的小孩兒亂哆嗦』的時候，她一定去親孩子的臉的。

又如我小的時候，南方的奶媽給我洗澡，她一定要唱：

「拍拍胸，不傷風；拍拍背，剝災穢。」

同時她的手也必得在胸上，背上的拍拍。這也就可以看出她對於小孩的希望是沒病，沒災。小孩有時是背在大人的背上的。這時母親又唱了：

「背玀玀，（註：玀玀，俗呼狗之聲，即小囡。）賣玀玀，賣到奉化買泥螺。」

作母親的總是把孩子叫作阿貓，阿狗。這是一種親愛的表現；還有一說是這樣叫法好養活。所以在她嘴裡老是貓啊，狗啊的唱著。

孩子稍微大一點，她們便教著動作了。如：

「雞雞鬥，鬥蟲蟲，蟲蟲咬子手手去，啊嘭嚨一飛，飛到高高山上吃米——米——」

母親把小孩的兩個食指，相連相接，便唱這隻歌。唱到「米——米——」時，小孩的手便分開。這時孩子笑了，母親也笑了。還有就是：

「一抓金兒，二抓銀兒，三不笑，是好人兒。」

母親用手指抓孩子的手心。抓三下不笑，就是好人。可是孩子們準是抓兩下便笑了。這是逗人笑的歌。它也可以說是兒歌；因為兩個大孩子在一塊，也會這麼玩的。

北平有一首最流行的歌：

「拉大鋸，扯大鋸，姥姥家門口唱大戲。接閨女，送女婿，小妞妞，也要去。」

唱這首歌時，大人扯著小孩的手，一俯一仰，屈伸兩臂，作拉鋸的樣子。這也是給小孩一種運動。這首歌六，七歲的孩子都會唱；因此，它是母歌，又是兒歌。

母歌的唱法，大致如此。她們唱歌的目的是娛樂孩子，不是娛樂自己。她們處處顧念孩子，處處保護孩子，希望自己的孩子好好長大。所以她們唱的時候，慈愛的情緒，特別深。

兒歌可以就著它的分類來說：

（1）獨唱的：兒童一到六、七歲會說話了，就會唱歌。如：

「小耗子，上燈台，偷油吃，下不來，叫奶奶，奶奶不來，嘰哩咕嚕滾下來。」

這是屬於獨唱一類的。小孩對於昆虫都有一種愛好，如：

「亮火蟲，夜夜紅，天上去，雷打你，下地來，火燒你。快來！快來！我保你」。

當夏天的晚上，螢火蟲在院裡飛的時候，孩子們便要這麼唱了。他們往往是拿一個瓶或一條手巾來裝蟲子。唱的時候聲音較低，他們怕聲音大了會嚇跑了蟲子。

「大麥管，小麥管，豆腐蟲，下來吃碗飯。」

這也是和上面那一首同一情況下唱的歌。還有：

「水牛兒，水牛兒，你出來吧！先出犄角，後出頭兒，你爹，你媽，給你買燒肝燒羊肚兒吃。」

蝸牛常常是躲在硬殼裡不出來的。可是小孩子們都喜歡到陰濕的地方去找蝸牛。找到了之後，把它放在太陽地裡；於是便一聲一聲的唱：「水牛兒—水牛兒—你出來吧！……」這樣水牛便出來了。有時水牛不爬出來，他們便另找一個再唱。他們唱的時候極慢；因為水牛由殼裡爬出來也是很慢的。

此外就是拿了一根竹竿子當馬騎，一面跑著，一面唱著：

「跑！跑！跑！馬來了。」

這也是很普通的。

（2）對唱的：對唱的兒歌是兩個人互相問答的歌。這樣唱法有兩種。一是問一句，答一句。一是問一段，答一段。如：

「（甲）：小老官，跟著我吃豆去。

（乙）：什麼豆？

（甲）：羅漢豆。
（乙）：什麼籮？
（甲）：三叫籮。
（乙）：什麼傘？
（甲）：破雨傘。
（乙）：什麼破？
（甲）：柏子破。
（乙）：什麼舅？
（甲）：老婆舅。
（乙）：什麼老？
（甲）：花幹老。
（乙）：什麼花？
（甲）：蔥草花。
（乙）：什麼蔥？
（甲）：屋煙囪。
（乙）：什麼屋？

（甲）：高廳大樓屋。
（乙）：什麼高？
（甲）：天樣高。
（乙）：什麼天？
（甲）：光青天。
（乙）：什麼梗？
（甲）：鹽菜梗。
（乙）：什麼鹽？
（甲）：芝麻鹽。
（乙）：什麼子？
（甲）：蘿蔔子。
（乙）：什麼樓？
（甲）：九間樓。
（乙）：什麼酒？
（甲）：醬拌酒。
（乙）：什麼醬？

（甲）：豆腐醬。」

這歌唱的時候，一定要很快。乙方連連的問，甲方也要對答如流，才有意思。問一段答一段的是：

（問）：

什麼人說，山歌好唱口難開？
什麼人說，林擒好吃樹難栽？
什麼人說，大米好吃田難辦？
什麼人說，鮮魚好吃網難抬？

（答）：

歌師傅說，山歌好唱口難開。
栽花娘說，林擒好吃樹難栽。
莊家老說，大米好吃田難辦。
打漁郎說，鮮魚好吃網難抬。

問的人唱完一段，答的人才能接上來。唱的時候聲調要拉長而且緩和。這是要比較大一點的孩子唱的；因為小的孩子就記不了這麼許多。

（3）合唱的：合唱是許多小孩子合在一起唱，如：

「誰跟我玩？打火鐮兒。火鐮花，賣甜瓜。甜瓜苦，賣豆腐，豆腐爛。攤雞蛋。雞蛋，雞蛋，磕磕。裡頭住著哥哥。哥哥出來賣菜，裡頭住著奶奶。奶奶出來燒香，裡面住著姑娘。姑娘出來點燈，燒了鼻子眼睛。」

這是孩子們拉成一大串，或圍成一個圈子時唱的。又如：

「擗呀！擗呀！擗白菜呀！大車拉呀！小車賣呀！賣了錢，給奶奶。奶奶作一雙大花鞋，耗子咬半截。東屋追，西屋追，追得耗子拉拉尿。東屋趕，西屋趕，趕得耗子白瞪眼。東屋截，西屋截，截得耗子叫親爺。」

有一種遊戲叫「拍巴掌」。兩個孩子以手掌對拍。從「僻呀！僻呀！」拍起，一直到唱完，拍才停止。這種唱法很有趣味。手一下一下地拍，也就是給歌在打拍子，這裡面的節奏是很好聽的。還有一種合唱的歌是：

「城門，城門，有多高？」

「八十八丈高。」

「可容小兵小馬走？」

「有錢只管走，無錢挨頓刀。」

「什麼刀？」

「金銀刀。」

「什麼把？」

「葫蘆把。」

「揣子搬家，怕不怕？」

「不怕。」

這是兒童團體遊戲的歌。許多孩子拉成一串。甲端第一，二人高舉兩手作城門。乙端第一人和城門上的人問答。到最後一句，全體大呼「不怕！」於是一個一個地跑進城門去。

合唱的歌很多很多。可是我們不多舉了。

兒歌因為是天真爛漫的小孩子們的歌；所以唱起來不很難，也沒有什麼特別的曲折和奧妙。不過各地有各地的方音，他們唱出來的音調是不同的。而且各地方的風俗不同；於是辭句也稍有出入。不過其唱時的情況是大致相同的。

（一九三六年三月八日）

北平的喜歌

徐芳

北平有一種人，專門靠著「唱唱兒」過活。他們不是在舞台上表演，也不是在遊藝場裡賣唱。他們只是走在街上或胡同裡，挨著人家的門口唱。等著門裡的人扔出幾個錢來，他也就拾了錢滿意而去了。但是這種人多半是挑著有喜事的人家去唱；這樣既不會遭人的責罵，也可以多得一點錢。於是人們都叫他們是「唸喜歌兒的」。

這種「唸喜歌兒的」，實在就是乞丐，我曾跟他們談過天；所以我知道一點他們的生活狀況。他們是很窮的，衣服永遠是破舊不堪，一天把嘴都唱乾了，也不見得能使一家吃飽。我曾問過他們每天唱的歌是哪兒來的，是不是自己編的。有一個人跟我說：

「唉！這不是自己編的，這是不能亂唱的。別瞧這些歌兒不好，我們也是從師父那裡學來的哪！」

「這個還有師父教？」我問。

「那怎麼沒有啊！小姐，我跟您說吧！我也不怕您笑話。我們幹這個也是拜過祖師爺的。要不拜祖師爺，也不能吃這一行。」

「師父教你們時，怎麼教？」我又問。

「師父坐在當中間，我們站在旁邊學。師父唱一句，我們跟一句，學會了，才能出來唱。」他說。

這我才明白，這些歌也是有人傳授的，不是隨便胡謅的。於是我叫他把歌唱出來，我也就隨手記下來了。

「唸喜歌兒的」，其實是說「唸喜歌兒」的對，要說「唱喜歌兒的」就不合適了。因為他們實在是在「唸」，而不是在「唱」。他們念的時候，手裡還拿著幾塊竹子在拍板。這幾塊竹子叫作「七塊板」；因為是七片竹子一根線拴成的。這「七塊板」也就是他們唯一的樂器了。

他們自然也唱別種的歌，但是只就我聽到的喜歌說已可說是不少了。據我所知，喜歌可分六種：

（1）賀娶親歌。

（2）賀嫁女歌。

（3）賀生子歌。

（4）賀新年歌。

（5）賀建屋歌。

（6）賀開張歌。

（1）賀娶親歌：「唸喜歌兒的」到了辦喜事人家的門口，先打聽一下，是「娶媳婦」還是「聘閨女」，要是「娶媳婦」，他就唸道：

登貴府，喜氣先，
斗大的金字黏兩邊。
八抬轎，大換班，
旗羅傘扇列兩邊，
金瓜越斧朝天櫈，
黑紅帽子老虎拳，
走喜街，越喜巷，
走到格老喜門前。
掐喜頂，徹喜竿，
新人下轎貴人攙。
鋪紅氈，倒（音搗）紅氈，

喜氈倒在喜堂前，
南京作官帶來的檀香木，
北京作官帶來的喜香檀，
魯班雕刻（音扣）八寶紫金案（音安）。
新人一步跨過去，
一年四季保平安。
這邊站的（音得）天仙女，
這邊站的（音得）喜狀元。
一拜地，二拜天，
三拜喜婆喜當然，
四拜妯娌也是喜，
五拜五子登科喜狀元。
正唸喜，喜氣先，
空中來了福祿壽三仙：
增福仙，增壽仙，
劉海本是海外仙。

劉海不落凡人地，
差我來人撒金錢，
金錢撒在寶宅內，
富貴榮華萬萬年。
聽我來人誇五官：
南來道喜，格老宰相。
北來道喜，文武狀元。
西來道喜，文武百官。
東來道喜，朝郎駙馬。
家有家官，
路有路官。
家中倒有一廚官。
知客官，把席安，
跑堂官，不消閒，
回手又把辮子盤，
伸手抄起大洋盤，

先端八個碟子九個碗，
大米乾飯賽粉糰，
一個火鍋擺中間，
親戚朋友吃了去，
誇誇東家好席面，
要是「外跑」吃了去，
五湖四海把名傳，
雖說東家席面好，
還得廚師好手段。

註：招喜頂，徹喜竿，是說把轎子的蓋拿下來，把轎竿也徹下來，把轎子抬到門口，請新娘下轎。

知客官：即招待來賓的人。

這裡的「外跑」就是「唸喜歌兒的」自稱。我聽了這歌覺得很可笑。他把主家恭維了一番不說，末了他還特別誇一誇廚子，那個意思就是要廚師父給他點吃喝。他把廚師父封作廚官，也是為了這個吧？

（2）賀嫁女歌：要有人家有女兒出嫁，他就要唱了：

遠眺府門賽錦州，
裡掛宮燈外掛綢；
趕考的舉子登金榜，
千金小姐許王侯。
一進二門喜氣先，
聽我來人表嫁妝：
捧盒，帽捧，穿衣鏡，
洗臉的銅盆亮光明，
茶碟，粉盒，茶葉罐，
端水的茶盤放幽明，
茶壺，茶碗，要成對，
上頭花草是團龍，
漢口帶來的水煙袋，
引火的紙媒使不清。

上邊擺的穿衣鏡，
兩邊擺的玻璃燈。
玻璃燈裡有喜臘，
上頭畫的是金龍。
座鐘掛錶當中擺，
到了時刻響連聲。
叫丫環，銀翠屏，
拿過八寶龍鳳鑰，
下綴一對金蓮燈。
打開箱子好幾層，
湖縐扣縐花洋縐，
狐狸皮襖要出風，
宮綢的褂子是紅青。
男的穿上，格老宰相，
女的穿上，千金小姐配狀元。
狀元頭上雙插花，

富貴榮華頭一家。

註：眺，望也。遠眺，即遠望。

許，即許配的意思。

表，述說也。

銀翠屏，是丫頭的名字。

狐狸皮襖要出風，是說狐狸皮作成的衣服，袖口，領子與下擺都有皮毛露出來。這露出來的皮毛謂之「出風」。從前人以穿有「出風」的衣服為美。

（3）賀生子歌：當著人家生了孩子，作滿月時，他就唸：

一門二福，福祿增，

增福增壽壽長生，

生文生武生貴子，

麒麟送子下天宮。

王母娘娘一見心歡喜，

打發麒麟送子到家中。

玉皇一見心歡喜，
打發一個東斗星，
東斗星，不認道，
送子娘娘送他到家中。
一進二門喜氣增，
影壁牆上掛雕弓。
一張弓，三隻箭，
箭箭都有靈：
一個射到南京去，
一個射到北京城。
射到南京出王位，
射到北京出朝庭。
剩著一隻沒處射，
射到上房斗母宮。
王母娘娘一見心歡喜，
上房打發了一個東斗星。

一歲，兩歲娘懷抱，
五六歲地下行，
七歲送在男學讀書宮，
唸書唸到十七歲，
趕考一時到北京。
頭篇文章作的好，
二篇文章作的精，
三篇親身點了一個紅狀元，
狀元頭上雙插花，
富貴榮華頭一家。

註：不認道，就是不認識路。
影壁牆，北平的房子都有影壁牆。
二門裡的一小段牆，就叫影壁牆，據說是擋風水的。

這是男孩子滿月時唱的歌。我曾問女孩子滿月唱什麼歌。他說生了姑娘就不作滿月。我說假如要作呢！據他說要打聽是女孩子的滿月，他就回頭就走，什麼都不唱。我想這還是「重男輕女」的緣故。北平人大概是給女孩子辦滿月的很少；所以「唸喜歌兒的」連歌都沒有編下。真叫我覺得有點失望！

（4）賀新年歌：賀新年的歌分兩種：一種是在人家的門口唸的，一種是在店舖門口唸的。

在人家門口唸的是：

一年單雙歲，
五更分二年。
家有讀書子，
輩輩作高官。
新年新月共新春，
花紅彩綠貼滿門。
增福財神上邊坐，
喜神貴神不離門。
西洋回回來進寶，
斗大的元寶抬進門；

大回回進的搖錢樹，
二回回進的聚寶盆。
搖錢樹，拴金馬，
聚寶盆，站金人。
金人懷抱幾個字：
發福，發財，發萬金。
——老太太給您拜年來啦！

末一句不是「唸」的，是「說」的。這可以隨便改的，如說「老爺，給您拜年來啦！」或「少爺，給您拜年來啦！」都可以。這是要隨機應變，見什麼人說什麼話。

在舖店門口唸的是：

鞭炮響迎晨，
從西來了一個小銀人。
小銀人，笑盈盈，
一到寶櫃扎下根。

協天大帝當中座，
喜神，貴神不離門。
西洋回回來進寶，
斗大的元寶抬進門。
抬的抬，端的端，
元寶這裡堆成山。
大車拉，小車盤，
拉到家裡過新年。
好地治了幾百頃，
好房蓋了幾百間。
僱上幾個作活的，
買上幾個大丫環。
大的不過十五，六，
小的不過十二，三，
大的過來斟碗茶，
小的過來裝袋煙，

看看您老喜歡不喜歡？

註：協天大帝，即關帝。治，買進的意思。

（5）賀建屋歌：我這裡說的不是「夯歌」。「夯歌」是瓦匠在唱的，是另外一種，我以後作文單說它。這是說蓋房子的人家，必要挑一個好日子上樑。上樑這天也算是喜慶之日，因此鞭炮要響，「唸喜歌兒的」也就跟著來了。他唸道：

鞭炮響連天，
邁步到門前。
抬頭觀吉檁，
八卦安中間。
毛腰恭十里，
插手拜魯班。
一進大門觀四方，
四樑八柱安中央，
四塊金磚托玉柱，

四個玉柱架金樑。
這木是好木，
這樑是好樑。
生在何處？
長在何方？
生在南京，貴州，
長在臥龍崗上。
樹根能扎東洋大海，
樹梢能遮空中太陽。
老師父從跟前走過，
看看有點貴樣。
到家跟主家商量，
主家銀錢太廣，
將樹買停當。
發起牛車幾輛，馬車成雙，
拉到老師父楠木作房。

大報子成對，小報子成雙，
老師父迎頭掛線，
眾位師父幫忙。
忽聽鉢鑿斧鋸花報亂響，
砍了一個八掛紫金樑。
這樑好比一條龍，搖頭擺尾往上行，
行到空中牠不動，
單等主家來掛紅。
掛紅掛在九龍頭，
輩輩兒孫作王侯。
掛紅掛在九龍腰，
輩輩兒孫作格老。
掛紅掛在九龍尾，
輩輩兒孫作官清如鏡，明如水。
老師父瓦刀七寸長，
老君爐中加過鋼。

金錢落在師父手，
蓋了前房蓋後房。
南邊蓋的金銀庫，
北邊蓋的祖先堂，
東邊蓋的格老府，
西邊蓋的萬年倉。
金銀庫，有財寶，
祖先堂，不斷香，
格老府，有宰相，
萬年倉，有餘糧。
正唸喜，大吉祥，
西皮梆子帶二簧，
金錢搭在金樑上，
富貴榮華喜滿堂。

註：吉樑，是房子上的一根正樑。八卦安中間，正樑上必放一個八卦，取吉利。

毛腰，彎腰。

魯班，是木匠的祖師爺。

老師父，即木匠頭。

掛紅，即把紅布掛在樑上。

按北平的風俗，「上樑」是蓋房子裡的一件大事。一家的興旺不興旺，全看這一條樑擺的好不好。說起來這也是一種迷信；可是習俗如此，也就沒有人違背過。樑上好之後，就放鞭。一切事作完，主家就要發賞錢給瓦匠，還要給他們預備一些粗疏的酒菜。這時「唸喜歌兒的」也可以領一點賞錢，并加入吃一頓飯。

（6）賀開張歌：舖子新開張時，門前一定很熱鬧。於是他唸道：

鞭炮一響報張開，

明燈蠟燭點起來。

協天大帝當中坐，

喜神，貴神兩邊排。

西洋回回來進寶，
斗大元寶抬進來。
大回回進的（音得）搖錢樹，
二回回進的（音得）聚寶盆，
聚寶盆，站金人，
金人懷抱幾個字，
發福，發財，發萬金。

註：報張開，就是說鞭炮響了，報告人們這鋪子是開張了。

綜觀這些喜歌，有兩個特點：第一即是重功利思想，第二即是文句俗陋。但是這也不能深怪他們，這正是環境使然。試想普通一般人的心理都是愛升官發財的，他們又怎麼不這麼祝頌他們呢！至於文句，他們確是不曾加以修飾。可是這些無知的乞人，奔跑求食尚且來不及，又哪有工夫修辭呢！

（一九三六年九月二十日）

「數來寶」裡的「溜口轍」

徐芳

「數來寶」是流行在北平的一種平民藝術。它起源於何時，我們現在不能詳確的考出來。不過，它一直到現在還是普遍地流行在民間。在街上，我們隨時看見「數來寶」的人；尤其是拍打竹板的聲音，在老遠就可以聽見了。這種人，就是乞丐。但他們和乞丐稍有一點不同，就是他們能唱許多曲子給人聽，能向人家討得稍多的錢。普通的乞丐是不會這一套的。他們和天橋的那些賣藝的人有點一樣，都是憑了一點小本事賺錢。如果我們說他們是「藝人」，也是很合宜的。

但「數來寶」的人，卻自稱是「生意人」。他們也有他們的師父，而且是分門別戶，誰是誰家門的徒弟，都得分得很清楚，不能弄錯。一個沒有拜過師父的人要想在街上「數來寶」是不成的。因為那些有師父的人就要排擠他，使他不能立足。這些人是怎麼從師的呢？說起來也很有趣。他們是這樣子的：一個人（差不多都是年輕的人）要打算（數來寶），就得先拜師父。拜了師父之後，就天天跟著師父到外面去奔走。師父在街上唱，他就聽著，聽熟了，也就算是學會了。就是稍有不懂的，隨時一問，也就明白了。在他們那裡面，有一句俗話，就是：「師父引進門，修行在各人。」這意思是說，師父不過是教他一點基本的面子，將來如何，全憑自己努力。

「數來寶」用的樂器，就是「七塊板」。這「七塊板」是七塊竹子作成的。兩塊大的，約五寸長，二寸寬，四分厚。每塊的頭上有兩個洞。一條繩子由這四個洞裡穿過，把兩塊板連了起來。這是拿在右手裡的，大姆指放在兩板中間，兩板一碰，就出聲音。五塊是小的，約三寸長，一寸寬，一分厚，也是每片上有兩個洞，用繩連了起來。這是拿在左手的。這樣合起來，就是「七塊板」。他們有句話是：「七塊板，十四個眼。」這就是因為每塊板上有兩個小洞的緣故。據他們說，那兩塊大竹片，叫作「大板」。那五塊小竹片，叫作「節子」。李家瑞先生的「北平俗曲略」上說：「數的時候，手中擊動兩塊大牛骨，牛骨上拴著許多銅鈴，骨柄上拴著幾縷彩布。數了一段，打一回牛骨，作『呱嗒呱嗒』之聲。」這種樂器，也是他們常用的，也有用羊骨作成的，敲出來的聲音並不好聽。其實「七塊板」的聲音也是很單調的。他們隨唱，隨打；那節奏是：「提提噠，提提噠，提提提噠」。有時是：「提提噠，提提噠，提提噠，提噠，提噠。」「提」的聲音是「節子」發出來的。「噠」的聲音是「大板」發出來的。

「數來寶」裡所唱的曲子很多，如「小寡婦逛燈」，「劉二姐拴娃娃」，「七十二怕」……等。有些是有唱本的，我們可以在街上把唱本買到。有些是沒有唱本的，我們只可從他們的嘴裡記下來。這些曲子，也有許多是有時代性的，如張宗昌，吳佩孚，張學良等人的事蹟，他們都有成套的曲子來唱。這都是還沒有印成唱本，而已流行在民間的。

現在我們該說到「溜口轍」。「溜口轍」，是「數來寶」裡的一種較特別的東西。「轍」音「折」。它又名「抓口轍」。這也是一種曲子，不過很短，而且是順嘴溜出來的，不是按著唱本唱的。「溜口轍」主要的意思是順嘴編湊，抓到什麼說什麼，只要能說得引人可笑，逗人樂就可以了。這和「相聲」裡面的「抓哏」正是一樣，都是隨時編造有趣的話，引人高興的。據他們說，「溜口轍」不是人人都會的，非得聰明一點的人才會。因為這是師父教不來的，全要憑著自己的小機靈來應付。他們可以看見什麼說什麼，只要說得人們高興，肯多給錢就得。不過，也不能亂說下流的話，或罵人，最好是多說吉利的句子。「數來寶」的人，有許多是瞎子。可是瞎子就絕對不會「溜口轍」。因為他們根本就什麼都看不見，也就不能見景編詞了。凡是那些眼睛沒有病，有點小智慧的人都能會一點。現在，我把我所得到的「溜口轍」，記在下面：

（一）

竹板一打真不壞，先生又把眼鏡兒戴。您的眼鏡真時興，又擋沙子又擋風，就是下雨牠不成。

註：這是對帶眼鏡的人唱的。

「壞」，音ㄌㄞ。

（二）

您這老頭兒真不壞，手裡拿桿旱煙袋。您這煙袋一道彎兒，抽到嘴裡就冒煙兒。

註：這是對拿煙袋的人唱的。

（三）

竹板一打真有點兒，先生抽的洋煙捲兒。洋煙捲兒，真時興，誰抽煙捲兒誰高陞。

註：這是對於吃香煙的人唱的。

（四）

這位先生好說話，身穿一個小白褂。小白褂，真不離，改良的扣子是對襟。您這小褂兒真不錯，上頭跨兜兒整兩個。您這跨兜兒真叫好，盛的票子洋錢少不了。

註：這是對穿白短褂的人唱的。

「不離」，就是「不錯」的意思。

「改良扣子」，即「子母扣」。

「跨兜」，即衣服兩旁的口袋。

「盛」，音ㄔㄥ。

（五）

您這先生真有福，抱著娃娃他不哭。他不哭，他不鬧，將來作了「直隸道」。數來寶，眼皮眨，不知男娃是女娃。要是女娃，千金體，要是男娃，中「探花」。

註：這是對抱孩子的人唱的。

（六）

竹板兒打，抬頭看，掌櫃的開的油鹽店。油鹽店，貨真全，一年四季下江南。江南辦了好雜貨，黑糖黑，白糖甜，要買冰糖上戥盤。

註：這是對油鹽店掌櫃的唱的。

（七）

這幾年哪我沒來，老頭兒鬍子發了白。老頭兒鬍子捋兩綹，頓飯離不了四兩酒。老頭鬍子有幾根兒，要吃肉，得半斤兒。數來寶的鬍子一大掐，頓頓要吃豆腐渣。

註：這是對坐在酒舖裡吃飯的人唱的。

「捋」，音ㄌㄩ

「頓飯」，即每一頓飯。

（八）

竹板兒打，節子顛，掌櫃的賣的關東煙。關東煙，真是濃，掌櫃的帶著賣檳榔。

註：這是對雜貨鋪掌櫃的唱的。

「濃」，音ㄔㄨㄥ。言關東煙的氣味很濃。

（九）

這位大嫂好說話，身穿一個藍布褂兒。這位大嫂往田走，沒帶銅子兒往出走。說得大嫂笑呵呵，回手就把銅子摸。

註：這是對中年婦人唱的。

以上這些曲子，編得雖不太好，但也還很有趣。我相信會「溜口轍」的人，一定賺錢比較的容易。據說這一類曲子很多，不但是對著不同的人可以編不同的話，就是看了雞，羊，牛，馬之類，他們也有話可說。而且同一種人，還有多種的說法，這全看那個「數來寶」的智力如何，如果是聰明的人，一定編得較好。

我想把這許多有趣的「溜口轍」搜在一塊，集成一本書，倒是一件很有意思的事。朋友們如有這一類的材料寄來，我們很歡迎。

（一九三七年三月二十一日）

表達民意的歌謠

徐芳

讀了元珍先生「歌謠與民意」這篇文章之後，我覺得他的意見都很對，很重要，我們對這問題很值得注意。

歌謠是永遠活在民間的。它時時都在民眾的口裡流唱著；所以它永遠離不了現實生活。他們除了吟咏母子之愛，男女之情以外，也唱許多工作的歌（如採茶歌，秧歌，船歌，夯歌⋯⋯等）來解除工作時的疲倦。但更重要的是他們除了這些之外，對於政治的得失，時代的演變，也用批評的態度隨口唱出。雖然他們是不免有些幼稚，但有許多見解卻含有相當意義的。因為他們並不是憑空說出，而完全是對於事物有所感應而唱的。他們不懂得阿諛，也不懂得拘束；所以那些歌都是最真的言語，真正表達民意的東西，值得我們去細心的領會。

歌謠是大眾的歌；因此歌謠裡對於時政的褒貶，正是全民眾對於施政者的愛惡。這些歌裡，常常是包括了許多政治上或社會上的大問題，正待人們去研究，解決。所以我覺得不但是我們研究歌謠的人要搜集表達民意的歌謠;行政者和政論家都不應忽略了這一點。

以往我們曾得到關於這項的許多材料。可是,我們並沒有在這刊物上布露過,而且也很少的提到。今天我願就我們所得到的民歌裡面,選一些介紹給讀者。

我以為表達民意的歌謠可分三類,即:

(一)美刺政治得失的。

(二)描寫民間生活的。

(三)反映時代演變的。

一、美刺政治得失的

美刺政治得失的可以再分兩類:(1)對外的。(2)對內的。

(1)對外的:

在閉關自守的時代,歌謠可以說都是對內的,沒有什麼對外的。只要國泰民安,人們都可以安居樂業。但到近百年來,就不然了。國人屢屢與外人有了交往,則對外的歌謠就一天多似一天。而外人到了我國的橫行,也使國人對他們很有厭恨之心。如李卜五君記錄的:

××鬼，喝涼水，
生地瓜，不離嘴。
到青島，吃礮子，
沉了船，沒了底。
今日是個人，
明日是個鬼。

這是民國三年通行山東的一首歌謠。民國三年×兵攻青島，非常殘忍，到處殺害，又貪吃；所以人民就唱這類的歌來咒罵他們。

後來×人欺我，一日甚似一日，人民都起了抗戰的心理，覺得只有抗戰才有出路。於是山東又流行著一首「兒童敲棍雪恥歌」，那歌是：

抗啊！抗啊！
咱倆這抵抗啊！
試試誰能打勝仗啊！

一仗打到一月一，
不買××的東西。
二仗打到二月二，
推翻××不費事。
三仗打到三月三，
奪回失去的台灣。
四仗打到四月四，
二十一條要取消。
五仗打到五月五，
恢復東北的疆土。
六仗打到六月六，
弱小民族我扶助。
七仗打到七月七，
打到××扶高麗。
八仗打到八月八，
快快收回我旅大，

九仗到打九月九，
肅清國賊再沒有。
十仗打到十月十，
南北和平能一致。

這首歌有濃厚的抗戰情緒。他們不但要收回旅大，而且要肅清國賊，南北統一，這是多麼純潔的要求。但這是一首「九一八」以前的歌謠，我們由歌裡可以看出。「九一八」以後，一定產生了更多的抗敵歌謠。但我們得到的只有四首：

一

中華民國二十年哪，
九月十八那一天呀，
關東起狼煙，
哎喲，哎唉喲，
關東起狼煙哪！

中華民國二十年哪，
九月十八那一天呀，
××佔瀋陽，
哎喲，哎唉喲，
××佔瀋陽哪！

二

蛐蛐叫喊夜聲長，
茄子下來菊花黃；
沒到八月過中秋，
小鬼便搶佔瀋陽。

三

大街之上少人煙，
小鬼和義勇軍開了仗！
義勇軍逃了這不算，

打死小鬼，人民遭禍殃，
東邊搜查，西邊找遍，
抓著男的拷打還把洋油灌，
抓著姑娘媳婦就強姦，
哎哎喲，我的天！

四

「滿州國」成立一年又一年，
××二大舅鐵打下江山，
有升官的，有發財的，
還有狗腿給幫忙，
刮的老百姓的血肉實可憐！
扎嗎啡，吸大煙，
賭場，窰子開了個遍，
修警備路，姘府店，
叫你怎樣就怎樣，

不辦叫你小命玩完！

據記錄者魏精忠先生來信說：

「這四首歌謠是普遍地流行在遼寧各縣。但東北其他的地方；尤其在農村，現在也高唱入雲霄的。但是現在如有唱上面這樣歌謠的，就被敵人污為『反滿抗×』，立刻就能被殺身死。被殺的多為兒童，多至不可以數計！但迄今，據東北來人說，新歌謠在壓迫之下，產生亦多，且富有悲壯反抗性！……」

這是多麼殘忍的事！槍砲是不能禁住人的情感的；更禁不住人的情感所凝成的歌謠。我願各地的同胞將這一類的歌謠，儘量寄來！

（2）對內的：

屬於這一項的歌謠很多，差不多我們每人都會唱一兩首吧。如：

銅子換洋錢，鐵槓打老袁，

要想太平日，還得兩三年。

這是民國四年袁世凱稱帝，改年號為洪憲，人民不滿而唱，又如：

帶著辮子沒法混，
割了辮子怕張勳。

這是民五六年間，張勳在徐州時代流行的一首歌。又如：

哦，馬隊，步隊，洋槍隊，
機關槍，ㄍㄚㄅㄜ兒脆，
曹錕要打段祺瑞。
機關子槍，真有準兒，
張勳要打吳小鬼兒。
吳小鬼兒，真敢幹，
坐著飛機扔炸彈。

一個炸彈不要緊，
大兵傷了好幾萬。

（通行河北北平）

中華民國九年半，
吳佩孚曹錕打老段。
琉璃河作戰線，
一直打到長辛店。
十五師，把心變，
馬廠，廊房，都遭亂。
安福派，全不見，
邊防軍，都解散。

（通行塞北各地）

我國最近幾十年，
同室操戈自相殘，

內憂外患無寧日，
國弱民貧不堪言。
可嘆東亞大中華，
元時歐西把我誇。
當代威權今何在？
人心渙散如盤沙！

（通行塞北各地）

由以上三首，就可以看出民國初年的人民是多麼厭恨內戰，而希望統一。

等到國民軍北伐成功了，人們又唱著：

革命黨，革命黨，
刀子來到脖子抗。
誰要躲，王八兔子你都當，
除舊更新，咱們且看一般新氣象。

（通行塞北各地）

據記錄者宗丕風先生說，這是「革命黨受民眾的歡迎贊頌」。對了，民眾的歌唱是沒有錯的。好的，他們就讚美。壞的，他們也就毫不客氣的加以批評，如：

（一）

張宗昌，吊兒啷噹，
破鞋，破襪，破軍裝，
破肩牌，破領章，
下小雨兒，住民房，
大姑娘兒，小媳婦兒，沒地方藏，
天下沒糧，他找老鄉。
（通行河北北平）

（二）

張宗昌，吊啷當，
破鞋破襪破軍裝；
要糧草，找老鄉，

老鄉怕跑，
他拉著老鄉媳婦走。

（通行河北北平）

張宗昌作的惡是永遠的印在人心的。深受他的殘害的鄉民，又怎得不罵他呢！我相信，要找「張宗昌」這一母題的歌謠，準可以找到百十首的。

歌謠是跟著政治來的。政治一有變動，歌謠也就很快的隨著產生了。試看有一位署名「吾」先生記錄的歌謠：

蒙古王，心不定，
反了中國又順「清」，
百靈廟前打敗仗，
天天倒有投降兵！
傳作義，大敞門，
王靖國，真不離，
貪心小國頭不露，

苦壞張北眾黎民。

註：「敞門」，開門納投降兵也。
「不離」，不錯也，贊美意。

（通行河北遵化）

中華民國運不強，
長安反了張××，
蔣××，遭了殃，
逃出活命正養傷。
楊××，瞎胡鬧，
于××，真倒灶，
勾來×產換旗號，
關城門，放大砲，
中國反讓外國笑！

註：「倒竈」，即倒霉也。

（通行河北遵化）

北方有閻宋
南方有蔣汪，
全是一家人，
各有各主張，
若能同了心，
外國瞎噹噹。

註：「瞎噹噹」，胡鬧，白費勁之意。

（通行河北遵化）

前兩首是說的近一年政治上的變亂。後一首則是人民希望同心救國的意思，很顯明的露了出來。這可見我國國民心理是真正的希望永遠統一，沒有變亂發生。

二、描寫民間生活的

描寫民間生活最真切的，可以算是歌謠了。試看：

說我鄉，道我鄉，
我鄉原是好地方。
自從兵戰鬧了災，
十年倒有九年荒。
大戶人家賣田地，
小戶人家賣兒郎。
我家沒有兒郎賣，
夫妻二人唱曲到他鄉。

這首流行於察西各縣的歌，是有點和「說鳳陽，道鳳陽……」一樣的。可見民生的疾苦，南北都是一樣。我們執政者能不加以注意嗎？

又如：

小村莊，
一片衰落景象，
去年旱災才過，

今年又是水荒。
（通行塞北各地）

土匪佔了城，
到處胡亂行，
房屋燒個淨，
衣服都不剩。
（通行塞北各地）

由這短短的幾行字裡，我們可以看到鄉民受的天災人禍是多麼厲害！假如我們不想補救的方法，是極危險的事。又如：

穀太賤，農煩惱，
美國棉花又到了。
別惱，別惱，
一畝再入十吊。
（通行塞北各地）

這是形容民國二十一年，政府辦了棉麥借款，百姓感到極深的痛苦。又如：

新鄉縣，大改變，
閨女娘們去打蛋；
一天不賺兩千錢，
回家渾身上下搜個遍。

註：「新鄉縣」，是平漢，道清兩鐵路的交岔點，是一個工業比較發達的地方。
「打蛋」，新鄉縣有裕豐蛋廠，專門招收女工進去打蛋。

在這小的工業鎮裡，也有了不少的女工了。這也可見人民生活上的改變。但「一天不賺兩千錢」，還要「渾身上下搜個遍」，也真是不合理到家了。

總之，我查遍所有歌謠，卻很少有歌唱生活安樂的民歌。於此可見我國大部分的人民都陷在困苦之中了。

三、反映時代演變的

時代是一天一天的進步的，但是大部分的鄉民卻是難得進步。他們不但不隨著時代改變他們的生活，卻還要加以諷刺。這一類歌謠是很可笑的。只要是新起的東西，不管多麼有利於民生，他們全不管，諷刺的歌謠倒很快的唱了出來，如：

北京三種寶：
馬不踢，狗不咬，
十七八的姑娘滿街跑。

在從前，北京的姑娘是大門不出，二門不邁的；所以他們看見現在的姑娘滿街走著買東西什麼的便要笑了，把他們列入三寶之一。又如：

外國人，瞎胡鬧，
開火車，打電報。

（通行河南新鄉）

東洋車，中國驢，
誰有錢，叫誰騎。
註：「中國驢」，即人力車夫。
（通行河南新鄉）

火車，電報是多好的交通利器。但他們都不喜歡，而加以訕笑，豈不是可笑嗎？又如通行北平的：

女招待，真不壞，
吃三毛，給一塊，
他要不給，
管斟酒，管布菜。
註：「壞」，音ㄌㄞ。

女招待亦是女子職業的一種，又有什麼不好。但人們就看不慣，於是又得嘲笑兩句。

還有關於其他方面的很多，我們索性多引幾首：

（一）

中華民國大改良，
拆了廟，修學堂，
修了學堂真是好，
小女子，去上學。
遊了門，進了屋，
坐下欃子去唸書。
唸書好，
會作袴子，會作襖。
大辮子，撤了腳，
放了學，在家跑。
跑到家，
又吃雞兒，又吃瓜，
又吃魚，喜喜喜，

她娘看見女兒就歡喜！

（通行河北定縣）

（張益珊記載）

（二）

鞋也沒有臉兒啦，
錢也沒有眼兒啦，
媳婦也沒有纂啦，
煙袋也沒有桿啦，
全國分裂到處糜爛也沒有人管啦，
督軍抗命巡閣耀兵，也不算反啦，
日本奪去我國四省也不為甚險啦。

（通行河北定縣）

（三）

疙瘩頭，菊花心，

現在時興梅花枝兒。
梅花枝，兩半截，
現在時興小坤鞋。
小坤鞋，不綁帶，
現在時興小洋襪。
小洋襪，一丁丁，
現在時興絲頭繩。
絲頭繩，扎三遭，
現在時興鶯鶯腳。
鶯鶯腳，還要改，
不知時興什麼來？

（通行河北定縣）

（四）

小紅夾襖兒棋盤領，
時興的抓角兒後頭高。

大線蓮，腦後漂，
別絲鐲子落手梢，
紅緞子小鞋綠裹腳。

（通行河北定縣）

（五）

劫瞪劫，劫瞪劫，
爺們穿著娘門鞋。
劫瞪巧，劫瞪巧，
娘們穿著爺們襖。

註：「劫瞪劫」，其意不可解，想是假音好唱下句的詞。
「爺們」，即男人。
「娘們」，即女人。

按：這首歌謠是民國十年左右的時候津市小孩子們唱的。因為那時津市的婦女們剛學著穿長袍。同時男人們的鞋式，鞋頭很尖，鞋臉很長；所以小孩子們見了就唱這首歌譏笑。這歌的時代雖然過去。可是於服裝的變革很有關係。

（通行河北天津）

（六）

穿鞋沒臉兒，
花錢沒眼兒，
吃煙沒桿兒，
頭髮盡是轂捲兒。

（通行塞北各地）

（七）

中華民國真不差，
時興的剪髮剃禿子。
留平頭，刷牙根，
三炮台的煙捲抽兩根。
手裡拿著文明杖，
腳下登著皮鞋子，

托力克的眼睛大光子，
尖口鞋，沒有臉；
花的銅元沒有眼；
吸煙捲，沒有桿，
留圓頭，沒有鬏。
註：「鬏」，音ㄓㄚ，女子梳的髮髻。

（八）
改良的頭，
改良的花，
改良的姑娘大腳鴨。
（通行塞北各地）

（九）
石頭砌牆牆不倒，
和尚進家狗不咬，

閨女養孩娘不惱。

註：「閨女」，未出嫁的女子。

（通行塞北各地）

綜觀這些歌謠都是由於一種衝窮──新與舊的衝突。新的花樣時時在起來，富有保守性的老百姓就看著不順眼，和他心裡固有的舊的起了衝突。我覺得這種現象是不會沒有的。因為我們現在認為新的人，到幾年之後，又會被更新的人看作他是太舊了。我們搜集這些歌謠，正可以看出一些時代演變的痕跡。

末了，我要說，我們這些材料，差不多都是北京的，希望得到一些關於南方的！

（一九三七年六月十六日）

書評

徐芳

書名：甌海兒歌

編者：陳適

感謝周達夫先生送我這本書看。我是最喜歡兒歌的人；所以一天的功夫，我就把這本書從頭到尾看了兩遍，說一句老實話，我對於這一本書是覺得非常的不滿意。它有什麼優點，我倒沒有看出來，它的缺點倒是隨處都是。現在我把我對於這本歌謠集不滿意的地方，略述於下：

第一就是編者陳君沒有把材料選好。先問兒歌是什麼？我們可以說，兒歌是兒童們唱的歌。還有一種母親或保姆唱給兒童聽的歌也叫兒歌（或稱母歌）。如果是成人唱的（不為兒童聽的），或者是莊家老插秧時的秧歌都不能稱之為兒歌。所以書名既名之為「兒歌」，就不能把非兒歌加進去。可是這本書裡，有許多就不是兒歌。如「未娶親」：

未娶親，
想娶親，
娶過親，
打悔心！

（原書第四十六頁）

這能算是兒歌嗎？我想這至少是要結過婚的人才唱得出來。試問七八歲的小孩怎麼會唱這種歌呢！所以把這一首列入兒歌集中是不合適的。

又如「養豬賠一半」：

養豬賠一半，
養女賠了完。

（原書第七十四頁）

這正是一個老年的婦人唱的歌。舊式的女子（男子也是一樣），向來是嫌女兒是「賠錢貨」，所以就有這樣的歌。那些整天吃喝玩樂的孩子再也不會這麼唱。別說男孩子，就是女孩子，她們也從來都唱不出來吧？

又如「米糴千錢斗」：

米糴千錢斗，
老婆必須娶。

（原書第七十五頁）

和「荒田沒人耕」：

荒田沒人耕，
耕起有人爭。

（原書第七十八頁）

這也不能算是兒歌呀！那都是成年人才說得出來的句子啊！而且有些不但不能說是兒歌，簡直就不是歌謠。如「初八廿三四」：

初八廿三四，
潮平日晝遲。

（原書第八十四頁）

又如「不怕神」：

不怕神，
不怕鬼，
只怕清明前日落大雨。

（原書第八十五頁）

依我說像這一類的都是諺語，而且是農家諺，要把它們列入歌謠集裡去就未免錯了。要是列入兒歌集裡去，那就更錯了。

假使我們要把這本書稱之為《甌海兒歌》的話，這些不是兒歌之類的東西，就應該先請出去，不然，這書名又太不對了。

第二點我不滿意的是陳君對於記錄方面也太草率，有些簡直是記錯了。現在我先選一個有大錯誤的寫在下面討論討論。如「一籮空」：

一籮空，
二籮當；
三籮賣酒醬；
四籮平平過；
五籮磨刀槍；
六籮殺爹娘；
七籮七粒星；
八籮八家仙，
九籮九條龍；
十籮十狀元。

在這一首的後面陳君還註道：「籮—盛穀米的竹器，每籮可盛十二三斗。」而且在最後面更將這首歌意解釋為「人的慾望是不滿足的，而且很可怕。」可是我覺得這錯誤，錯得太厲害了。

其實，也不用我來說，誰都可以看出這是一首什麼歌。我們先要說這「籮」字是寫錯了。我們應該作這個「腡」字（腡見「越諺」：音羅，指頭圓紋。東坡文作「螺」。廣韻戈，落戈切，手指紋也。指頭不圓紋按俗亦稱「斗」，越諺作箕（音基）。）「腡」是說手指上的指紋。這一首歌也就是指紋歌。指紋歌在我國很流行。各地都有，而各地有各地的說法，現在我也不便多舉。「腡」是什麼呢？我們人的手指上的指紋有兩種：一種紋路是分散的，一種紋路是圓整的。圓整的即謂之「腡」。我國人有一種迷信，即看這人有幾個「腡」。由「腡」的多少可以定他一生的貧賤富貴。於是「一腡如何，二腡如何……」就編起歌來了。因為各地的風俗不同，於是歌也就不同了。不過其為一種迷信則一。我們按這首的意思說是：有一個腡的人必定窮，有兩個腡的人一定闊，有三個腡的人一定是作小買賣的，有四個腡的人一定是不貧也不富……這樣一解釋，不是很好嗎？如果像陳君那樣將歌意解釋的「人的慾望是不滿足的，而且很可怕。」就不但是錯誤而且是要令人莫明其妙了。

又如原書第六十六頁的「魚鰍」字也似乎不對，我覺還是寫作「泥鰍」好一點。因為這種小魚向來是生長在泥水裡的。

第三點使我不滿意的是有許多首歌意被陳君解釋錯了。我覺得我們要解釋一件東西，除非我們真明瞭，那麼我們就可以加一個解釋上去。不然，還是不解釋好。因為不準確的解釋是會使讀者更糊塗的。譬如「正月採花無處採」這一首是和下面那首「正月茶花朵朵紅」一樣的是說明一年中十二月的花訊，而陳君把前者解為「村裡採花的情景」似乎不大妥當。我認為這首歌主要的目的是說明什麼時候有什麼花開而不是注重那採花的情景。有了好的花，人們當然可以採啦！但是它主要的目的還是說每月之中有什麼花啊！陳君忽略了這層意思，實在是一點缺欠。又如「正月燈」，陳君釋為「這是生活在鄉村裡的兒童唱的。」我以為這一句解釋可以不要。因為我相信住在城市裡的兒童也有作這種遊戲的，也有唱這種歌的。所以說它是「生活在鄉村裡的」兒童唱的固然不能算錯，但是不加這個解釋是會更合理一點的。

又如「月光佛」，陳君解為「教兒童練習應對的口才」。這種說法當然很對。但是我們還可以補充一句，便是：「並使他們知道各種事物的用途。」因為兒歌裡是常常含有教導的成份的。原書第五十四頁那首「初一頭」是形容大家爭吃的情況，陳君釋為「形容窮餓人的吃相」，也不大對。我以為這是說幾個淘氣的孩子在爭吃一點好吃東西，並不是說「窮餓人的吃相」。這首歌並不是為了「窮餓人」寫的，而是為孩子們唱的一首「打趣的歌謠」。

我把對於這書的意見略略的說了一遍。這裡面缺點雖多，可是也有兩首記的不錯的，如「鬥蟲蟲」，「鈴叮噹鈴叮噹」，「什麼山上一點紅」，「什麼飛過青又青」……等都是很好的兒歌。

最後，我希望陳先生以後不搜集歌謠則已。如果要再搜集，並編印歌謠，就請免去以上三項缺點，不知陳先生以為如何？

國家圖書館出版品預行編目

中國新詩史 / 徐芳. -- 一版. -- 臺北市 :
秀威資訊科技, 2006[民 95]
面 ; 公分. -- (語言文學類 ; AG0044)

ISBN 978-986-7080-36-3(平裝)

1. 中國詩 – 歷史

820.91 95006441

語言文學類 AG0044

中國新詩史

作　　者 / 徐　芳
發 行 人 / 宋政坤
執行主編 / 蔡登山
執行編輯 / 林秉慧
圖文排版 / 張慧雯
封面設計 / 羅季芬
數位轉譯 / 徐真玉　沈裕閔
圖書銷售 / 林怡君
網路服務 / 徐國晉
法律顧問 / 毛國樑律師
出版印製 / 秀威資訊科技股份有限公司
台北市內湖區瑞光路 583 巷 25 號 1 樓
電話：02-2657-9211　傳真：02-2657-9106
E-mail：service@showwe.com.tw
經 銷 商 / 紅螞蟻圖書有限公司
台北市內湖區舊宗路二段 121 巷 28、32 號 4 樓
電話：02-2795-3656　傳真：02-2795-4100
http://www.e-redant.com

2006 年 4 月 BOD 一版
定價：300 元

讀　者　回　函　卡

感謝您購買本書，為提升服務品質，煩請填寫以下問卷，收到您的寶貴意見後，我們會仔細收藏記錄並回贈紀念品，謝謝！

1.您購買的書名：＿＿＿＿＿＿＿＿＿＿＿＿＿＿＿

2.您從何得知本書的消息？

☐網路書店　☐部落格　☐資料庫搜尋　☐書訊　☐電子報　☐書店

☐平面媒體　☐ 朋友推薦　☐網站推薦　☐其他＿＿＿＿＿

3.您對本書的評價：(請填代號　1.非常滿意 2.滿意 3.尚可 4.再改進)

封面設計＿＿　版面編排＿＿　內容＿＿　文/譯筆＿＿　價格＿＿

4.讀完書後您覺得：

☐很有收獲　☐有收獲　☐收獲不多　☐沒收獲

5.您會推薦本書給朋友嗎？

☐會　☐不會，為什麼？＿＿＿＿＿＿＿＿＿＿＿＿＿＿＿＿＿＿＿

6.其他寶貴的意見：＿＿＿＿＿＿＿＿＿＿＿＿＿＿＿＿＿＿＿＿＿

＿＿＿＿＿＿＿＿＿＿＿＿＿＿＿＿＿＿＿＿＿＿＿＿＿＿＿＿＿＿

＿＿＿＿＿＿＿＿＿＿＿＿＿＿＿＿＿＿＿＿＿＿＿＿＿＿＿＿＿＿

＿＿＿＿＿＿＿＿＿＿＿＿＿＿＿＿＿＿＿＿＿＿＿＿＿＿＿＿＿＿

讀者基本資料

姓名：＿＿＿＿＿＿＿＿＿＿　年齡：＿＿＿　性別：☐女　☐男

聯絡電話：＿＿＿＿＿＿＿＿　E-mail：＿＿＿＿＿＿＿＿＿＿

地址：＿＿＿＿＿＿＿＿＿＿＿＿＿＿＿＿＿＿＿＿＿＿＿＿＿

學歷：☐高中(含)以下　☐高中　☐專科學校　☐大學

☐研究所(含)以上　☐其他＿＿＿＿＿＿＿

職業：☐製造業　☐金融業　☐資訊業　☐軍警　☐傳播業　☐自由業

☐服務業　☐公務員　☐教職　☐學生　☐其他＿＿＿＿＿

請貼
郵票

To：114

台北市內湖區瑞光路 583 巷 25 號 1 樓

秀威資訊科技股份有限公司　　　收

寄件人姓名：

寄件人地址：□□□

(請沿線對摺寄回,謝謝!)

秀威與 BOD

BOD（Books On Demand）是數位出版的大趨勢，秀威資訊率先運用 POD 數位印刷設備來生產書籍，並提供作者全程數位出版服務，致使書籍產銷零庫存，知識傳承不絕版，目前已開闢以下書系：

一、BOD 學術著作—專業論述的閱讀延伸
二、BOD 個人著作—分享生命的心路歷程
三、BOD 旅遊著作—個人深度旅遊文學創作
四、BOD 大陸學者—大陸專業學者學術出版
五、POD 獨家經銷—數位產製的代發行書籍

BOD 秀威網路書店：www.showwe.com.tw
政府出版品網路書店：www.*gov*books.com.tw

永不絕版的故事・自己寫・永不休止的音符・自己唱